敦煌

艾伟 著

长篇

百花文艺出版社
天津出版传媒集团

图书在版编目（CIP）数据

敦煌 / 艾伟著. -- 天津 : 百花文艺出版社,
2021.1
(百花中篇小说丛书)
ISBN 978-7-5306-8061-2

Ⅰ. ①敦… Ⅱ. ①艾… Ⅲ. ①中篇小说-中国-当代
Ⅳ. ①I247.5

中国版本图书馆 CIP 数据核字(2020)第 257432 号

敦煌

DUNHUANG

艾伟 著

出 版 人： 薛印胜　**选题策划：** 汪惠仁
编辑统筹： 徐福伟　**责任编辑：** 李 跃
装帧设计： 任 彦　**特约编辑：** 孔吕磊
出版发行： 百花文艺出版社
地址： 天津市和平区西康路 35 号　**邮编：** 300051
电话传真： +86-22-23332651（发行部）
+86-22-23332656（总编室）
+86-22-23332478（邮购部）
网址： http://www.baihuawenyi.com
印刷： 山东临沂新华印刷物流集团有限责任公司
开本： 700×980 毫米　1/32
字数： 48 千字
印张： 4.5
版次： 2021 年 1 月第 1 版
印次： 2021 年 1 月第 1 次印刷
定价： 28.00元

如有印装质量问题，请与山东临沂新华印刷物流集团有限责任公司联系调换
地址：山东省临沂市高新技术产业开发区新华路 1 号
电话：(0539)2925659　邮编：276017

艾伟 / 作者

著有长篇《风和日丽》《爱人同志》《爱人有罪》《越野赛跑》《盛夏》《南方》，小说集《乡村电影》《水上的声音》《小姐们》《战俘》《整个宇宙在和我说话》等，另有《艾伟作品集》五卷。多部作品译成英、意、德、日、俄等文字出版。现为浙江省作家协会主席。

有一段日子，小项和周菲经常一起散步闲聊。小项是成都人，大学毕业来到永城，分配到了永城电视台，孤单一人住在集体宿舍里。周菲也刚从外地调入歌舞团，虽然有自己的房子，但丈夫和孩子暂时没有跟着一起过来。两人惺惺相惜，成了闺密。

她们免不了谈男女之事。小项坦白，至今没谈过一次恋爱，单恋过几次，也只是一个人感动，连男人的手都没拉过。小项从少女时代开始就喜欢写日记，她把自己的那点小心思都写在了日记里。周菲说，她也是，结婚前没人追，倒是婚后，男人们好像突然在她身上发现了金矿，不时会发一些暧昧的信息给她。

一次闲聊，周菲讲了她在上戏进修时的一段情感。男的是学表演的，很帅，每天来她的宿舍。宿舍住着四个女生，他为她而来，她们既羡慕又嫉妒，这让周菲感到满足。他们一起看了几次电影后很自然地在一起了。

周菲还没说完，小项就生气了。小项认为周菲是个坏女人，一个有夫之妇怎么可以干这种事。小项抛下周菲，一个人沿着护城河怒气冲冲地离去，令周菲很尴尬。

后来周菲对小项解释，她其实只想告诉小项，男人都差不多，以后小项会知道。周菲说，她和那位帅哥在一起时并不美好，帅哥自私得要命，这种男人以为同你好是对你的恩赐。小项还是不能认同周菲的行为，她说，我如果结了婚，不会和别的男人乱来。

经人介绍，小项认识了陈波。第一次约会，小项问周菲，穿什么好？小项毕业不久，在打扮上没太费心思，平时穿着随便，还像大学生的样子。周菲带着小项逛街，选购了几件衣服。周菲说，衣服并不是流行就好，要适合自己才好。小项长得小巧玲珑，胸小，好在皮肤白皙。那天周菲替小项挑了一件吊带衫，下面配一条裙裤。周菲说，这样会使你显得修长。小项对着镜子看自己，第一次看到自己可以这么漂亮。

那次约会，小项对陈波基本上是满意的。陈波是外科医生，看起来相当沉静，脸部瘦削，显得结实而精干。

约会了几次之后，小项想带陈波来见周菲。周菲开玩笑说，你这相当于见家长啊，看来你认真了。小项说，我吃不准才让你看。

大家是在一个茶馆见的面。小项和陈波先到，一会儿，周菲从茶馆门口走进来。室外的光线使周菲看起来面目模糊。小项和陈波站起来。陈波礼貌地和周菲握了个手。陈波握手十分有力。一双典型的外科医生的手。只是陈波的手心冰凉，好像是个没有体温的人。这一点让周菲很吃惊。那天陈波是拘谨的、低调的，话不多，一直看着小项，目光幽深。基本上是小项在说，叽叽喳喳的，像栖息在电线杆上的小鸟，亢奋地和周菲说着最近的八卦，好像这会儿陈波不存在似的。中间，小项去了一趟洗手间，陈波的目光一直跟随着小项。周菲注意到，只要小项消失片刻，陈波就会不安。

小项和陈波的关系算不上浪漫。经人介绍本身就是个平庸的开头，提前消解了"浪漫"这个词。有了开头，就意味着一个方向，走着走着，小项和陈波就走向了婚姻的殿堂。

结婚前，小项是有疑虑的。作为结婚对象，外科医生陈波是理想的，他家境好，在西门街有一套现成的婚房。陈波在医界小有声望，收入不菲。陈波话虽不多，但很照顾小项，让小项有安全感。小项因此觉得在永城有了根基，好像她就此不再是漂泊的，而是可以根深叶茂生长的。心有不甘还是有一点的，小项和陈波在一起时，没有太多的激情，一切平淡如水。她谈不上爱陈波，对陈波的激情甚至比不上过去的单恋对象。她多么想有一次像模像样的恋爱，她不奢望如书中描述的那样，至少是可以让她全身心投入的。

周菲对小项的想法不以为然。周菲觉得陈波挺好的。周菲母亲的直肠出了问题，生了个良性肿瘤。周菲是找陈波开的刀。周菲毫无缘由地信任双手冰冷的外科医生陈波。周菲凭直觉认定这双手做手术一定是冷静而精准的。母亲的手术做得堪称完美。在医院，陈波十分严肃，每次见到周菲都尽量笑一下，竟然有些腼腆。周菲去过陈波的办公室，物品各归其类，办公桌一尘不染。周菲因此对陈波很有好感。周菲对小项说，陈波那么在乎你，家境又体面，这样的老公哪儿找去，过了这个村没这个店了。

周菲让小项别有的没的净想些不靠谱的。

那年深秋，小项和陈波结婚了。陈波的父母希望儿子找一个本地姑娘，有共同的地域背景，他们会更放心一些。不过既然儿子这么迷恋小项，他们也不排斥，只是私下担心，陈波这么迁就小项，会成为一个“妻管严”。这“病”医生治不好，陈波的母亲不无玩笑地对自己老头说。陈波的父亲多年来一直有怕老婆的名声，他不住点头，趁机戗道，这是家传。陈波的父母都是知识分子，父亲在大学教授马列，母亲在研究所研究海洋生物，不过都退休了。除了金钱上的资助，他们懒得管儿子的家庭生活。小项有时候会觉得陈波父母对陈波的态度过于超然，有些淡漠了。这也可能是陈波的个性造成的。平日里，陈波和人相处都有距离感。

照陈波父母的想法，结婚这件事越简单越好，酒席也不用办。一个隆重的婚礼和婚后漫长的日常生活没有半毛钱关系。小项不同意，她希望有一个正式而隆重的婚礼。从少女时代开始，小项脑子里一直有一个瑰丽的梦——她在某一天会遇上一个白马王子，然后披上洁白的婚纱和王子结婚。在那个梦里，连结婚的仪式都是在教堂里办的。陈波支持小项的想法。不过去教堂是不合适的，他和小项都不是教徒，梦想一下可以，真要在牧师的主持下结婚，他们自己都觉得不妥。最终，同所有的婚礼一样，他们请亲朋好友饱餐一顿，其间让婚庆公司安排诸种礼仪，共同见证一对新人在婚礼进行曲中走入婚姻的殿堂。

小项的母亲参加了婚礼。小项的母亲面容有些憔悴，不过和小项长得很像，年轻时应该是个美人。小项的母亲一脸愧疚，面对亲家公夫妇甚至有些卑微，好像小项高攀上了一户好人家。小项对母亲的低姿态颇为不满，她对母亲耳语，你没必要装得好像我嫁不出去似的。小项的母亲带来一只红色的小盒子。小项知道这只盒子是外婆给母亲的结婚礼物。外婆家从前开过珠宝行，不过到母亲出嫁时，典当得差不多了。总还是有些宝贝的，外婆把家里最值钱的东西都传给了母亲。现在，母亲又把这只盒子及盒子里的东西传给了小项。

小项的父亲没来。婚后的某一天，小项对周菲说，在她十岁那年，父亲和母亲离了婚，各自组建了家庭。小项没有把自己结婚的消息告知父亲，她和母亲更亲一些。周菲有些吃惊，她和小项走得这么近，小项竟然从来没说起过自己的家庭，周菲突然觉得小项身上有很多秘密。

仪式中有一个父亲把女儿送到新郎手中的环节。陈波的父亲担当此任。陈波的父亲非常乐意，挽着小项的手臂,庄重得像一位真正的父亲。陈波的母亲语带讥讽说，老头子这辈子就想有个女儿,今晚他算是找到感觉了。

婚礼那天，小项和陈波进入洞房时都累坏了。第二天他们醒来的时候已是十点。西门街很安静。阳光从窗帘缝隙中照射进来,照在地板上。从窗帘的缝隙望出去，西门街的两棵银杏树树叶金黄,像一堆燃烧的金子,灼人双眼。母亲送的那只红色盒子放在梳妆台上,盒子表面镶嵌着由白色象牙拼接而成的月季花饰。母亲曾告诉过她,等她出嫁时,会把这只盒子以及盒子里的宝贝送给她。母亲嫁人后又生了个女儿,小项以为母亲不会记得自己说过的话。母亲没有食言。小项是感动的,母亲对她比她预料的要好。小项看着那只盒子,在一众现代家具中显得相当醒目,好像这只盒子才是这个房间里真正的主角,把婚房照亮了,好像房间里因为有了这只盒子，她和陈波就会百年好合。

小项说，想看吗？里面的东西很值钱。陈波摇摇头。小项问，一点好奇心也没有？

小项从床上起来，走到梳妆台前，把盒子抱在怀里，回到床上。她打开盒子，一件件给陈波看，玉佩、蓝宝石、翡翠、珍珠以及一只雕饰繁复的拇指大小的金佛像……小时候，母亲从来不让小项看里面的东西，小项很好奇，曾把盒子上的小铜锁砸了，偷偷看过，结果被母亲打了一顿。在小项悲伤地大哭一场后，母亲说，这些东西以后都是你的，是你的嫁妆。后来母亲找人修好了那把小铜锁。

小项说，陈波，要是我们生个女儿，这盒子和里面的东西就做她的嫁妆。陈波显得有些激动，他把小项搂在怀里，亲小项的额头。小项突然生出对陈波的依恋，一种类似生死相依的感觉。这是小项第一次感到自己对陈波其实是有感情的。是的，陈波沉静、干净，只是不太会说甜言蜜语罢了。

小项再次起身，从抽屉里拿出自己的几本日记本，放入红色盒子里。小项说，以后把日记也送给女儿，当她的嫁妆。

谈恋爱时，陈波知道小项喜欢记日记。陈波问小项，你的日记里都记着什么？小项说，你想看啊？看了不要吓着你啊。陈波说，有很多秘密吗？小项说，很多小心思吧。小项停了停，表情严肃地说，在你之前，我没让一个男人碰过，你想看你就看吧。陈波温和地笑，说，我不看。

后来，这只盒子成了小项的一个特殊领地，陈波和她之间很自然形成一个默契，陈波不看小项盒子里的东西。

一年后，陈波和小项有了女儿豆豆。

小项原指望陈波的父母可以照顾一下豆豆。陈波说，怎么可能，我爸妈当年连我都不管，把我寄养在农村老家，我是乡下奶奶带大的。果然公公婆婆除了偶尔心血来潮来看看孙女，平时基本上不闻不问。公公婆婆在钱方面是大方的，说让他们请一个保姆，钱他们来出。带孩子实在太累了，请保姆这件事，小项动过心思，陈波反对。陈波说，医院里我面对的全是陌生人，可不想在家里再见到外人。小项知道陈波这样说只是个借口，他其实是不想女儿像他那样被外人养育。虽说奶奶也算不得外人，但寄养本身让他同父母之间有一种微妙的隔阂，不可言传，难以消除。陈波倒是很勤快，在小项哺乳期间，几乎包揽了所有家务，对豆豆也很疼爱，恨不得整天抱着她。女儿什么也不知道的时候，陈波就开始讲故事给豆豆听。那些故事是陈波乡下奶奶讲给他听的，土得掉渣，却蛮有民间智慧的。女儿没有反应，小项经常笑得花枝乱颤，弄得陈波很不好意思，特地去书店买了一摞童话书来讲。

小项的观念不知不觉有些改变，她对男女之事不像以前那么矜持了，办公室里女人之间的一些玩笑，她不再排斥。她生出一个粗俗的念头，老娘孩子都生了，还怕什么。在电视台，小项平常接触的都是些光鲜亮丽的人物，身边演员、主持人一大堆，经常听到关于她们的各种各样的绯闻。电视台一位主持人，几乎每年要闹一次恋爱，并且每一次都是全身心投入，轰轰烈烈。最新的一次是，她爱上了一位比她小十岁的富家少爷，大家都认定少爷是玩她的，她却飞蛾扑火般投入。这种事小项听多了，就习以为常了。想起以前听到周菲婚外和别的男人好，她的反感如此强烈，感觉有些好笑了。生完孩子后，主管策划部的副台长韩文涤让小项参与策划了几台晚会，相当成功。这些晚会的一些串台词出自她手，有妙手点睛之效，广受好评。

周菲调到永城快三年了，终于尝到了“梦想很丰满，现实很骨感”的滋味。周菲的心中一直有一个梦，她想做一个能够充分表达自己这么多年来生命体验的舞剧。几年前她看了云门舞集，非常感动。她看过很多现代舞剧，那是纯西方的，表达的往往是个人生命中本能的暴烈和激情。云门舞集特别东方，舞蹈语言是现代的，内里却安静如一幅一幅的水墨画。她觉得这是她要的，她想做一个比云门舞集更有叙事性的舞剧。本来她盼着调到永城歌舞团能组一个自己的团队，调她过来的人也答应会让她按自己的想法做。三年很快就过去了，周菲终于认清了事实：没钱。她要做的不是市场欢迎的，纯粹是自我表达。这有点自私，可周菲就想做这样的作品。她不想辜负生命，浮夸之作宁可不做。

这三年，周菲除了弄她的舞剧剧本（反正暂时也没钱排，她一直在改），基本上很空闲，和小项常见面。周菲有舞台经验,能恰到好处地给小项的策划项目出点子。小项受益匪浅。周菲在男女方面很敏锐。小项老是提起韩文涤,出现的频率有点高。周菲意识到小项喜欢韩文涤(可能小项自己还没意识到)。周菲是认识韩文涤的,虽没深交,总还是有些了解的。周菲觉得韩文涤并非简单的人,周围美女如云,至今没有传出任何绯闻。人长得有些像年轻时的王心刚,气质沉稳、低调,只是目光比王心刚要锐利一些。据说他最有魅力的时候是开策划会时,话不多,常有妙语,含金量很高,直指问题核心,适当的地方来几句冷幽默,逗大家开心。电视台有不少女人喜欢他。他不来电。美女们夸张地表示痛心疾首。还有人怀疑他的性取向。周菲知道所谓的性取向问题,只不过是台里女人打趣,不能当真。周菲觉得小项对韩文涤产生喜欢或者崇拜之情也属正常。周菲也算是阅人无数了,韩文涤虽然待人温和有礼(照小项的说法身上有股暖烘烘的气息),却总是和人保持距离,周菲凭直觉断定这男人一定是有野心的,不可能在私德上犯错,影响仕途。

小项有今天和韩文涤的信任和支持不无关系。小项心里面很感激他。她想过送他一件礼物,表达谢意,又怕他拒绝。他是个气场很强大的人,不能说他不温和,但总还是让人感到威严得难以接近。小项是有些怕他的。

在哺乳期,小项也非常注意穿着得体。她的乳房不大,可奇怪的是她的乳汁特别多。她怕溢出弄湿衣服,上班时做了不少防护措施。这使她的胸看起来比平时要大。她自己也觉得沉甸甸的,比往日性感。她很享受这种沉甸甸的感觉,希望自己永远沉甸甸。生完孩子后,很多人说小项变得漂亮了,皮肤里好像有光芒透出来。

有一次小项发现自己的乳汁从衣服里渗出来,

感到挺难为情的。她本想去厕所里往胸口垫一些纸巾，见走道上空无一人，就面向墙壁把手伸入胸口，垫将起来。刚好韩文涤从办公室出来，看到这一幕。小项捕捉到了他的目光，同平时不一样，是男人那种。小项的心不由得狂跳起来，脸也红了。小项几乎是逃回办公室的。

后来小项时常回忆那一幕。当时的狼狈转换成了某种暧昧而温馨的感觉。好像因为那一幕，她和他之间有了某种私密关系。

小项的暗恋史源远流长。小项初次暗恋的对象是高中时的班主任，一位严肃的语文老师。小项记日记的习惯就是这位语文老师鼓励的结果。小项的作文好，经常被当作范文在班上读。后来语文老师被调到别的学校了。她听说是因为生活作风问题被调走的，据说和另一个班上一位女生有了不伦恋。小项不相信。她倒是设想过那个不伦恋的女生是自己。小项在各个时期暗恋过各种各样的男人,有时间漫长的,也有时间短促的。短促的几乎若昙花一现。小项对自己如此频繁地对男人动心感到不可思议,有时候她会觉得自己很“花心”。

小项和韩文涤在走廊迎面而过,韩文涤经常对她视而不见。即便这样,小项想起他来,心里面还是温暖的。她说不出他在哪里刻意帮了自己,她却感到他的帮助是全方位的,润物细无声的。即便他们除了工作关系没有任何私交,现在韩文涤还是成了小项某种精神上的依靠。

夜深人静的时候,韩文涤开始以另外的面目出现在她的想象里,他对她变得温柔,变得温润如玉,他们成了亲人。她偶尔会想象一下和他肌肤相亲,但更多的是精神上的想念。她赋予韩文涤无数高尚的品质(没有绯闻成了他高贵品质的一种),她告诉自己,她爱慕和崇拜他是因为对这些高尚品质的认同。她由此生出人生的暖意。

时间一久，只要单独面对韩文涤，小项都会有眩晕的感觉，变得呼吸困难。她因此不敢太靠近他，总是和他保持一定的距离，怕自己真的会晕过去。有时候在电梯里碰到他，她除了对他傻笑，大气都不敢出，她很担心自己会失态。

小项在业界有了名声。有一些企事业单位会在节庆日搞晚会，他们会找小项策划。其实小项知道，他们找她策划也并不完全是她水平有多高（当然还过得去），更重要的是他们看中小项手中有演员和主持人资源。小项出马，晚会马上就高大上。小项在工作中会遇见一些陌生男人，他们中的一些人会心仪于她，会在某个特定的日子，比如三八节或情人节，给她发暧昧短信。不能说小项毫无喜悦，虽然她明白这些短信不能完全当真，很多人只是逢场作戏，但哪一个女人会不喜欢有人追呢？她盼望韩文涤在这样的日子里发一个问候或鼓励的短信。

认识的人多了，小项经常介绍一些人给周菲，希望他们能出钱支持周菲。小项真心觉得周菲能排出一台好舞剧。可是他们除了对周菲的美貌感兴趣，正事儿没有任何进展。周菲很气馁。周菲有一次和小项喝酒，说了句粗话，要是我卖身他们能出钱的话，我也干了。小项听了竟然觉得难受。在这一行里，看得多了，小项对女性的处境还是敏感的。

小项听到韩文涤家庭生活的传言是在半年后的一个酒局上，有人提起韩文涤，说韩文涤的夫人很漂亮，外面有人了，韩文涤也知道自己被戴绿帽子的事，一直忍着。那人说，他夫人和韩文涤妻子是闺密，有一天韩文涤打电话给他夫人，韩文涤在电话里抽泣，说都是他的错，不怪他妻子……小项听了非常震惊。她一直以为韩文涤家庭生活很幸福，没想到是这样子。小项感到心痛，感觉要泪崩了。她连忙起身去了一趟厕所。

周菲当时也在。周菲看到小项从厕所回来眼睛是红的。周菲的心沉了一下，敏感地意识到同刚才的传言有关。小项开始频频敬酒，喝得很猛。周菲本来要拦她的，又想，小项也许想喝醉一次。随小项吧，反正喝醉了也可以安全送她回家。

小项喝高了，并没有醉，只是有些兴奋。饭局结束，小项夸张地和每个人拥抱告别。周菲一直在边上作陪。直到人全散去，小项抱住周菲痛哭。

如周菲所料，小项如此失态是因为怜惜韩文涤。小项替他不值。小项甚至觉得，要是她是接到他电话的那个人，是听到他哭声的那个人，她会感到幸福的。周菲这才知道小项已深陷在对韩文涤的情感之中。小项问怎么办？周菲不知道如何安慰她。

周菲是冷静的。她并不在乎那个叫韩文涤的人。她痛惜小项。凭直觉，周菲不认为韩文涤会接受这份情意,但有什么办法呢?她只好鼓励小项主动出击。出于对人性的了解,小项现在这个样子,不撞南墙根本醒不过来。不过周菲还是警告小项,一定要保护好自己的婚姻,那个人不可能娶你,你以后会知道稳定的婚姻对女人来说多么重要。

有很长一段时间,小项沉溺在对韩文涤,某种温柔的怜悯和母性情怀中,虽然有周菲的鼓励,她还是有点胆怯,迟迟没有行动。她想起哺乳期时,他看到她往胸口放纸巾时的目光,好像这目光至今还粘在她的胸脯上。她想象他承受的创痛,想象他哭泣的样子(没想到这么高大的男人也会流泪),她多么想他埋在她胸口哭泣。

又过去了很长一段日子。

一天,小项上班到得早,竟然在电梯里碰到韩文涤,并且是单独相遇。他还像往日那样严肃,甚至没看小项一眼。小项一直看着他,她和他靠得如此近，她几乎嗅到了他身上特有的温暖气息（更多的是她的想象）。不知怎的，小项突然泪流满面。韩文涤似乎很吃惊，问，你怎么了？他从口袋里拿出一沓纸巾递给小项。小项几乎没有思索，抱住了韩文涤，把脸贴在他胸膛，失声痛哭。小项不知道是为他哭还是为自己哭。她只想哭。韩文涤身体僵硬，没任何反应。小项抬头看他，他的表情有点惊愕。不过，他很沉稳。他指了指电梯上的摄像头，说，监控。

小项迅速离开他的怀抱，好像韩文涤的身体发出高压电，击中了她，让她本能地退离。他们的办公室在十一层，电梯很快到了。小项几乎是从电梯里逃离出来的，好像她刚刚受到了非礼。

回到办公室，小项羞愧难当。出于自尊，她给他发了一条短信，为自己的失态向韩文涤表达歉意。让小项意外的是韩文涤回复了她。韩文涤说，一直以来把小项当作小妹妹看待。别的不再有进一步的表示。“小妹妹”在小项看来是个暧昧的词语。小项突然感到雨过天晴，希望又以近乎顽强的方式从失望的土地里长了出来。小项想既然都这么主动过了，丢过人了，就继续丢人吧。小项开始在短信里表白。韩文涤的回应谨慎而节制。

那段日子，陈波想和小项亲热，小项都拒绝。睡觉前，小项不忘拿起手机，给韩文涤发一条短信，言辞热烈。晚上，韩文涤从来不回复小项。有一天小项睡不着，偷偷跑到卫生间试着给韩文涤打电话，想知道他是不是还开着机。开着机的话，说明他看到她的留言了。他已关机。小项回到床上，陈波问，出了什么事吗？小项说，你想哪儿去了。陈波说，你刚才去打电话了？给谁？小项说，你神经啊。一会儿，小项说，你怎么疑神疑鬼的？要不你查看一下我电话吧。小项这么说，并没有把手机递给陈波。陈波翻过身说，睡吧。

和韩文涤的关系没有朝小项所希望的方向进展。一个月后,韩文涤不再回她的短信。在单位里,他对小项也越来越冷淡。小项想,大概是自己太主动,把他吓跑了。

小项觉得自己失恋了。小项茶饭不思,还经常失眠,深陷其中不能自拔。她因此感到很痛苦。没有恋过便失恋更令小项感到挫败。这种状态持续了很长一些日子。

小项想起周菲让她主动表白时留下的警告(当时小项极度排斥周菲的话,认为周菲有偏见)。周菲说,你要做好受伤的准备。韩文涤不是一般人,外面都在传他快要升官了,不会在这种事上犯错,他老婆都对他那样了,他都不愿离婚,这得需要多大的意志力。况且你又是他的下属,像他这种男人,知道兔子不吃窝边草的道理。周菲是多么聪明。

小项明白男女之事强求不得,道理虽懂,她还是心有不甘。好在小项的工作很忙，需要和各种各样的人打交道，她又是个注意自己形象的人，得把自己的情绪牢牢把控好。另外，她接触的人很多是开心果，说学逗唱，一副游戏人生的派头。欢笑总是能缓解沮丧的情绪。久而久之，小项就死心了。有一天和陈波亲热后，她想起韩文涤来，竟然觉得那个人非常陌生。

小项对自己说，陌生是对的，我从来就没了解过他，一切都是想象的产物。

小项习惯于把自己的情感生活告诉周菲。小项虽然说得轻松，周菲却意识到，小项还没有真正忘掉韩文涤。对于一个没有谈过一场真正的恋爱就结了婚的女人，小项是不会善罢甘休的，无论是精神还是肉体，出轨是迟早的事，不是韩文涤也会是其他人。

夏天的时候，韩文涤真的如传言一般，升职调到别的单位。同事们给韩文涤做了一个欢送仪式。小项竟然有些怅然。小项以为自己完全把他放下了，韩文涤要离开时，她意识到他从来没从自己的精神上被抹去。小项和同事们一样，祝贺韩文涤荣升，说一些场面话。那天韩文涤第一次在公开场合对小项亲近，他走到小项边上，笑着说，有空了去我那儿坐坐。小项听了还挺意外的。这不是她熟悉的韩文涤。在台里，韩文涤从来不主动让下属去他办公室。小项的心思不由得动了一下。她看着韩文涤。韩文涤却把目光投向另一个美女。

韩文涤离开电视台后，小项经常想起他。不过小项没得到他任何消息，更别说收到他的邀请了。韩文涤走时说过的那句话，小项念念不忘，心有所动。她恨自己是不是有些轻浮，就凭他这么一句话，心里又凭空等着什么似的，死灰复燃了一般。有好几次，她路过他的单位，想上去坐坐。不做同事了，他会怎样对她呢？不过这样的念想并没持续多久，小项心中的涟漪慢慢平静下来。她不再想起他，好像他在她的世界上消失了，已是一个不存在的人。

但韩文涤还是在的，那年秋天，小项突然收到韩文涤的一条短信问候：你好吗？

看完短信，小项愣了好一会儿。她心中生出遥远而悠长的感觉。接到短信的那一刻，她意识到自己并没有真正忘却他，相反在等着他的出现。他依旧在自己身体或记忆的某处，等待某个时机被激活。

我很好，你呢？这句话，她写了好几遍，终于颤抖着手指按键发了出去。

他迅速回了条短信，我也很好。

这样，他们开始了频繁的短信往来。从前的感觉慢慢被唤醒了。现在，她收到他的短信时，会有一股暖流在身体里流过。她不知道是不是该相信他短信上说的。他说他很珍惜她的情意，也让她原谅他的不解风情。他的言辞依旧是谨慎的，不过意思明白多了。她回忆或虚构过往的一切。暗恋他时，她是那么绝望，又怀着希望。在和陈波做爱时，脑子里幻想的是这个人。在这样的秘密交流中，她有了幸福感，好像突然得到了一件原本并不奢求的宝物。她觉得自己似乎恋爱了，这回是真的，虽然有时候她依旧将信将疑。

走向更亲密的下一步是自然而然的。终于有一天，韩文涤提出和她约会。韩文涤的约会非常直接，他开好了房间。这不像是他的做派。他是个多么含蓄的人。在小项的想象里，他应该请她喝咖啡才对，不应该一步跨向宾馆的某个房间。不过小项很快试着理解他的行为，他很忙，或者他害怕在公开场合碰到熟人。永城就这么大，他认识的人又多。

小项是怀着温柔和爱去和他约会的。在约会

前，小项在镜子里端详自己，她觉得自己并不好（之前她一直为镜子里的自己骄傲，现在却自卑得要命）。她从来没和相爱的男人约会过，她不知道见面怎么和他相处，还担心自己的身体没有反应。她很忐忑。

她进入房间时，他已经到了。她有差不多半年没见到他了。这段日子他们虽然每天在交流，但他只活在她的想象里。而现实和想象毕竟是不一样的。在进门前，她脑子里的他高大而温情，她被他的光芒灼照，有轻微的晕眩感，心跳强烈到她不能呼吸。她感到自己的担心完全是多余的，她的身体完全打开了。只是他完全不是她想象的样子。没有光芒，相反，他显得有些慌张，甚至有些气短，好像他意识到自己在做一件并不光彩的事。这令她的心里产生了一种轻微的抵触和尴尬，好像自己的行为也是见不得人的。她刹那平静了。有一种陌生的气息从房间里弥漫开来。这不是好兆头。

韩文涤坐在那里一动不动。小项想，他应该过来抱住她。气氛是如此冷。有一刻，小项犹豫是不是要逃走。她舍不得。小项注意到韩文涤看她的目光是无助的。他大概是真的没有经验。她忽然心疼他。她想，已走到这一步，我主动一些吧。

她动作僵硬地抱住了他。他马上回应，开始亲吻她。他显得很疯狂，但她感到他的嘴唇是冷的。她不知道哪里出了差错。她希望自己的热情可以唤醒他的激情。小项主动脱光自己。韩文涤只是亲吻她，没有进一步的动作。小项解开了韩文涤的纽扣。韩文涤犹豫了一下，没有阻挡。

然后，他们失败了。他们赤裸相见，韩文涤没有任何反应。小项尽量帮助韩文涤，他还是不见起色。

小项问，你是紧张吗？

韩文涤说，可能。

小项说,同她也这样?

韩文涤有些失神,语调含混,同她没问题。

小项想起那个传言,他们说他美丽的妻子在外面有了情人。小项就是听到这个才激发起对他的热情。现在她有点明白这个传言的意思了。小项突然抱住了韩文涤,在他的胸口呜呜地哭起来。

你怎么了?他问。

没有关系。没有也没关系。我不在乎。她说。

这是他们第一次,也是最后的一次。那天他们分手时,他和她的目光一直在逃避对方。回到家,小项装作什么也没发生过,给韩文涤发信息。她还是愿意和他保持亲密关系。韩文涤没有再回她。

一个月后,小项意识到韩文涤在她的生命中消失了。这一次是真的消失了。空闲的日子,小项还是会想起他来,想起他失败时窘迫的样子,她为他惋惜和心痛。现在她知道他是个压抑的男人。这个看上去沉稳而低调的男人,或许这么多年来真的一直默默地爱着她。她愿意相信是这样。

同时,她也为自己惋惜。她爱过他,但她终究没有得到他。

等到豆豆上幼儿园,小项突然空闲下来。再次想起她和韩文涤的事,小项竟然有一种陌生和荒诞感。那些事情好像发生在很久很久之前,甚至远到仿佛是前世,很不真实,与己无关似的。那种曾经有过的深刻的悲伤早已不着痕迹,一切山高水远了。她想,原以为无比深切的情感到头来竟都成了一片虚空。

周菲找到了金主,终于可以排她的舞剧了。周菲对小项说,金主是某公子的白手套,这点钱对他们来说就像头上拔下来的一根白发。话虽这么说,周菲也不是没担心赵总另有目的。对于他们来说目的无非是色，不是对周菲色，就是对周菲手下的女演员色。不过这个赵总从来没提过任何要求。他们是在一个饭局上认识的，席间，周菲说起自己那个永远排不了的舞剧。赵总马上答应帮她。当时周菲并不相信，一笑而过。哪知道第二天赵总差人送来了一张支票，给了一半的钱。

周菲觉得有必要谢谢他。她不想单独同他见，就拉上了小项。小项这段时间一直在嚷嚷着空虚之类的话，老是拉着周菲逛街买衣服。这家伙乱买东西，看见一件好衣服，会买两件。周菲从小项买衣服的行为中想起一个成语：不知餍足。她觉得这个小女人总归有点贪婪啊。

本来周菲拿小项做挡箭牌，小项竟拉起皮条来。饭局毕，两人把赵总送走，小项说，赵总不错啊，我以为是个臭男人，竟然是个靓仔。天哪，这么年轻管着这么大摊子事，你不动心？周菲听了哭笑不得，说,你是不是爱上人家了啊,要不我给你们牵个线?小项打了周菲一下,说,你的男人,我哪敢碰。周菲听了刺耳,不过她懒得同小项解释。

两人都喝了酒,周菲是开车过来的,周菲找了个代驾,先送小项回家。一路上,顺着刚才的气氛,两人聊着八卦,也不顾及车里面还有个代驾在。小项议论起台里的女主持人,那个每年要谈一次轰轰烈烈恋爱的女人这回动真格了,那小她十岁的少爷居然要娶她,女主持折腾着要和丈夫离婚,丈夫不肯,几次自杀未遂。周菲说,看来是真爱,他们好了有三年了吧, 你们那女主持恋爱的频率明显下降啊。小项笑了,说,她真是有激情啊,取之不尽,用之不竭,每一次都像威风锣鼓,排山倒海,气势恢宏。周菲开玩笑道,我看你现在也是这样,一副春心荡漾的样子。小项白了周菲一眼。

关于和韩文涤的事,小项巨细靡遗地同周菲讲过，连那次约会也讲了。当时小项是多么伤感，好像自己是舞台上的一个角色，刚刚经历了一场生死之恋。不过，现在小项完全忘了那一出，好像她已把那个深情的自己丢到了历史的垃圾桶里。

也许是喝了酒，小项言语或多或少有点轻浮。小项说，周菲我问你，要是我这辈子只有陈波是不是亏掉了？周菲说，你不是有过韩文涤，还同人家上过床。小项说，哪有。又打周菲。周菲说，好了，别闹了，你还是好好守着你老公吧，陈波挺好的。激情有什么好，细水长流才是真的过日子。小项对周菲讲过她和陈波床上的事，小项说陈波一板一眼，在床上精确得像在手术台，机械重复着同一套动作。那次周菲被小项逗乐了，说，你可以放荡一些啊。小项说，陈波会受不了，以为我从外面学来的。又说，他表面上不太问我外面的事，但他多疑。

两人一路玩笑着，代驾小哥突然出声了，问，你们是演员吗？两人愣了一下，这突如其来的发问让她们发出嘎嘎嘎的欢笑声。小项来劲了，趴到左驾座位的背上，看着代驾，还忍不住摸了一把代驾的脸，对周菲说，刚才没注意看，是一位帅哥哦。周菲制止了小项，说，人家开车呢，你别闹。

周菲心想，小项真的是孔雀开屏了。至少今夜是这样。是因为赵总吗？

春夏之交，小项听同事说，省里请了一位英国专家，要在西湖景区搞一个关于舞台空间利用的培训班。不是小项所在的系统搞的，但主办方给了电视台策划部一个名额。英国的舞台艺术深具传统，小项的同事都争着想去。小项也想去，不过她懒得争，在心里放弃了。结果最后轮到的是她。

报到那天，天气突然转暖，刚好小项带着夏装，就及时换上了。小项的身材是小巧玲珑型，她自认为不太合适穿裙子，宽大裤子或裙裤合适她，再配上宝蓝色的短袖T恤，把她的皮肤衬得十分白皙。那天小项换上衣服，看着镜子里的自己，觉得自己都爱上了自己。小项对自己的身材很满意。在家里，要是豆豆不在，她喜欢赤身裸体，也不管窗帘是不是拉好。陈波对小项这个行为倒也没有制止，只是看到她裸身，就把窗帘拉上，生怕被别人看了去。

那天小项报到时有点晚了，大多数学员都到了，围在报到处，叽叽喳喳说话。学员来自全省，男男女女，年龄相当。他们基本上来自同一个系统，或多或少是认识的，至少听说过彼此吧。小项谁也不认识，她好像突然闯入了一个陌生的领地。不过小项认为这挺好的，可以认识一些新朋友，可以开阔视野，还可以拓展一下社交圈。现在的社交圈，同学（哪怕只同学三天）就是天然的社交纽带。

有一双眼睛一直盯着小项。他走过来帮小项拿行李，小项的行李不多，就一只拉杆箱。小项没有拒绝。同学嘛。在去房间的路上,那人介绍了自己,叫卢一明,他说,他去过永城,在一次会议上见过小项。小项记不起来了。小项仔细看他——理着一个小平头,觉得他像一个运动员。那天,他穿着一件藏青色的长袖衬衫,大概是因为肌肉发达,衬衫显得有点紧,也因此显出他的挺拔来。后来,他告诉小项,他每周要去健身房三次。他说,不健身,身体会难受。

到了房间,小项在镜子里看自己,一边看,一边想起"艳遇"这个词。她有一种预感,在这三天里,可能会发生一些事。她对卢一明不了解,她想象了一下,如果和这个男人真的有艳遇,她是否可以接受。她对着镜子里的自己露出淫荡的笑意,说,为什么不呢?近来,她经常起念,想尝试陈波以外的男人。

吃晚饭的时候,卢一明端着盘子坐到小项对面。卢一明很自然地约小项晚饭后一起散步,小项爽快地答应了。到目前为止小项在男女之情上没多少实质经验，但面对卢一明时她表现得沉着老练，好像她是个情场老手。后来，小项才明白，卢一明才是情场老手，她只不过是个雏儿。

两人沿着山谷小道，一会儿便到了苏堤。大约是周一的缘故，晚上的苏堤行人不多，显得很清寂。小项经常来杭州，都是来去匆匆，少有闲心在西湖漫步。年轻的时候，她倒是独自一个人走完过长长的苏堤。现在的西湖因为灯光的缘故，晚上看起来美轮美奂，好像真的到了天堂。苏堤倒是幽暗的，大概因为苏堤的绿植更茂盛吧。

在一个黑暗的深处，卢一明拉住小项的手。小项稍稍犹豫了一下，没有回避。小项以为自己准备好了，事实上并非如此，他们手拉手散步时，小项感到自己是拘谨的、僵硬的。她原本以为拉着男人的手，身体会有欲念。没有。卢一明却是有欲望的，她感受到他手上传来的温度，感受到他手上的不安分。他不说话。不说话是某种危险的开端。她有点担心,周边人这么少,如果他这会儿做出些什么,她不知该如何反应。

在一棵桂花树下,卢一明突然用力把小项揽在怀里,迅速用嘴封住了小项的嘴。小项吓了一跳,然后是本能反抗。她发现自己不能适应如此迅速就走到这一步,在她的想象里,男女之间应该先有言语暧昧,或含蓄的表白,或甜言蜜语,卢一明却毫无铺垫,跳过语言直接进入行动了。她本能地推开卢一明,说了一句没头没脑的话,你对别的女人也这样吗?

仿佛是这句话带出了小项的生气。她觉得自己受到了轻侮。小项甩下卢一明,几乎是逃离了苏堤,沿着山谷的小道回到宾馆。她以为卢一明会追上来,或向她道歉,或继续拥抱她。如果他那样做,她也许会原谅他的粗鲁,他们还可以出来散步。他没有,他站在那儿,看着她,好像对小项的反应颇感稀奇。

小项跑回自己房间。她关好房门,靠在门边,气喘吁吁。奇怪的是欲望在那一刻突然在身体里苏醒了。她的手指在自己嘴上划了一下,迅速唤起刚才瞬间的印象。她闭着眼,好像这会儿卢一明正吻着她。那一瞬非常仓促,或许完全是她的想象,她觉得他的嘴唇饱满热烈。她的嘴微微张开,迎接着他。她感到心脏猛烈跳动,胸口发胀,好像这会儿她身体里唯一存在的就是那颗脆弱的心脏。

后来她躺到床上,一直看着手机。或许他会给她发一条短信,请求她的原谅,或者向她表白他这么做是因为喜欢她。一个小时过去了,手机没有任何动静。她不知道他是否从苏堤回来了。她反省自己是不是显得太决绝了？会不会伤害到卢一明？她的身体发烫，伴有轻微的抽搐。仿佛是为了转移自己的欲望，她给陈波打了个电话。陈波似乎吃惊她会给他打电话，问她怎么了？也许因为身体里的欲念，她说话特别温柔，她甚至想，这会儿如果陈波躺在身边也是好的。不过她很少在陈波面前流露她的情欲，他们谈家常。陈波问了培训班的情况，小项则关心女儿豆豆。

就在小项和陈波通话的时候，一条短信蹿了进来。小项迅速打开短信。是那个卢一明发来的。短信大胆直白：我想你。

小项的心跳震天动地，她甚至怕陈波在电话的那头听到。有很长时间小项没有说话，陈波问怎么了。小项这才反应过来，说我有事，有空了再聊。然后就迅速挂了电话。

她还没来得及回他短信，房间的门被敲响了。她觉得自己的心快要从胸腔里飞出来了。刚才她已打了几个委婉拒绝的字，还没来得及发出。她决定删掉。这时，陈波的短信进来了，问她为什么电话挂得这么急？好像是陈波的这个短信让她下了决心，她突然有点厌烦，狠狠地按下按钮关掉了手机。她打开房门，卢一明一把抱住了她。

当卢一明离去，小项静静地躺在床上，看着天花板。她觉得太不可思议了。她和卢一明才认识不到一天，她竟同他上床了。她回味着刚才的情形。他很好，她很享受。她认定他是高手，是个惯犯。他竟带了避孕套。她对此竟涌出小小的妒忌来。

不过小项心里还是涌出一种奇怪的幸福感。她终于了了一桩心愿。他比她想象的要好。她想同人分享她此刻的心情。她自然想到了周菲，拨通了周菲的电话。

电话那头传来嘈杂的音乐声。周菲可能在某个剧场排练。得到赵总的钱后，周菲便开始排练她的舞剧。漫长的排练。边排边改，周菲说。小项管不了那么多，此刻她就想分享。她只有周菲可以倾诉。

小项听到自己在电话里的声音几乎是颤抖的，声音里有一种扼制不住的欢喜，好像她突然得到渴望中的宝物，急于示人。

男人和男人不一样。小项说。

什么不一样？周菲问。

周菲听了很久才明白怎么回事。周菲从排练厅出来，听小项细说。

我高潮了，以前没有过，陈波很快。小项说。

周菲很吃惊的。小项和陈波结婚快五年了，并且有了孩子，小项竟然才知道女人的秘密。周菲本来想骂小项几句的，听了这话心就软了。这是小项应得的。她告诫小项，一定要小心，别怀上孩子，除非你打算和那个花花公子结婚。小项说，不会，我爱陈波。周菲冷笑一声说，你对陈波的爱很奇特。

英国教授是个中年男人，相当肥胖，他夹着讲义从教室门进来时，昂着头，摇晃着身子，步子结实，像一只在河边奔走的鸭子。英国人对中国戏剧界的情况并不了解，讲解得十分简单，属于低级课程。小项和卢一明同桌。卢一明小声对小项说，这些西方人，总是以他们为中心，居高临下看我们，以为我们还是蛮族呢。小项忍不住笑了一下。卢一明不太说话，说出来倒是一句是一句，甚至有些刻薄。这课确实无趣，小项的思绪就飞了。卢一明身上散发着热烈的气息，就好像小项身边置放着一只冬天用来取暖的火熜。想起昨晚的情形，小项一下子有了感觉，一股暖流从身体里流过。卢一明仿佛知道小项的心思，在课桌下拉住小项的手，在小项耳边说，昨晚你哭了。小项顿时耳根发烫。她感到昨晚自己确实有些失态，快感在她身体里爆炸时，令她猝不及防。她紧紧地握住他的手，她觉得自己的手会撒娇了。她甚至想掐疼卢一明。

卢一明不想忍受这种课，偷偷地溜出课堂。小项觉得教室里一下子变得空空荡荡。这之后，小项一直在玩手机，她希望卢一明会发短信给她，让她逃课。现在她不会再迟疑，她会毫不犹豫从教室里出去。也许对英国教授不礼貌，她无所谓，反正是“蛮族”，没有所谓的教养。她专注于手机，听到有同学在和英国教授交流开放式舞台让每一个观众成为演员的可能性，同学认为这在西方行得通，在东方有难度，因为东方观众比较含蓄，不愿在公众场所放开自我。

小项在课堂上心猿意马地坐了半个小时，也偷偷地溜出课堂。到了教室外，她就发了一条短信问卢一明在哪儿，并告之她也溜堂了。卢一明迅速回她，你在房间？小项回复，是的。

小项回自己房间，卢一明已站在门口。小项说，你这么着急？卢一明没吭声。小项想，这句话等于在说自己，是她这么着急，谎称自己已到了房间，好像怕他不会约她似的。

如果说昨天晚上小项的身体或多或少有些拘谨，今天她完全放松了。她想男女之间要想深入了解最快的捷径莫过于上床了。多年后，小项对这个想法做了修正，她认为上床谈不上彼此了解，只是发现了另一个人最私密的习性而已，至于他的思想、品性、为人处世无法在床上完全看清楚，而是需要日常生活。

既然课程是如此乏味，小项后来几乎每天都在和卢一明偷情。她的身体变得十分敏感，动不动就会有反应。她觉得自己好极了，甚至觉得自己是个尤物。这两天她几乎没想起过陈波，倒是想起过韩文涤。她替他感到可惜，她认为他至少是想要她的，但他完成不了。他注定不知道她的好。

卢一明完事后喜欢抽烟。抽完一支烟，他会穿好衣服迅速离开，干脆利落。这让小项觉得他是个无情的人。不过小项没有多想，他能带给她快乐就够了。在他面前，小项不再是骄傲的，她对他低眉顺眼。他拿出烟，她会替他点上，然后她靠在他身上，问他一些问题。这些问题其实没有必要问，如果她和他没有以后的话，这些问题并不存在，但她就是憋不住。她想自己好像又用情了。她问，你有很多女人吗？卢一明调皮地看了看小项，反问，你说呢？小项说，你是个坏蛋。卢一明说，别胡思乱想了，我没那么花心。小项说，我才不信。小项又问，你怎么会看上我？你一眼看出我是个容易得手的女人？卢一明说，你容易得手吗？看不出来，我见到你就喜欢上了你。小项不知道卢一明说的是真是假，很可能是逢场作戏，但还是有些感动，她主动亲吻卢一明。

有一天,卢一明突然问,你去过敦煌吗?小项摇摇头。卢一明陷入沉思,一会儿,他好像突然惊醒了一样,没头没脑地说,敦煌是个令人怀念的地方。

小项不知道卢一明为什么提起敦煌。不过她记住了这句话,记住了那个地方,记住了他说话的样子。那一刻他的目光是空洞的,好像敦煌本身就是个空洞的地方。在平常,他的目光都是坚定的,他看她时, 她会觉得他的目光可以把她的衣服剥落,让她变成赤裸的。她意识到,她和他只是在此时,她有过去,他同样有。她问,你为什么突然说起敦煌?

他没回答。他把烟掐灭,起来穿衣服。他除了和她亲热,不愿说起自己的生活。她却有自己的想象,敦煌一定有着让他刻骨铭心的故事,敦煌对他意义非凡,而她让他想起了敦煌。她觉得她在他那儿更像是一个通往敦煌的媒介。

三天的培训很快就结束了。分手的那天早上,小项主动让卢一明来她房间。他没带套子。小项想，这几天做得太多了，大概他都用完了。小项担心过怀孕，但她完全昏了头，不顾一切接纳了他。小项放纵而悲伤，被一种垂死的情感控制，好像末日来临，她和他从此再也没有未来。在激动的时候，小项问，你会不会想我？会不会到永城来看我？

卢一明在点头。她敏感地意识到卢一明的敷衍。她想，真相就是如此，对他而言，这只不过是一次艳遇。她的身体突然僵住了。她感到痛感从下面传来。这三天她如此欢喜，可这会儿，她宁愿他是陈波，赶快结束。她闭上眼睛，眼角洇出泪水。

这次她没给他点烟。她命令他赶快起床，去药店买一盒事后避孕药来。他有些迟疑(这迟疑也让她不快)，不过还是去了。她一直躺在床上耐心等待，一动不动，好像她的肉身此刻是死的。半个小时后，他回来了。他变得比往日体贴。他给她倒了一杯开水，从盒子里取出一片避孕药，递给她。他说，这药伤身体的，你以后不能这么任性，我以为你是安全的，否则我不会这么做。她点点头，心里涌出暖流。她想，他还是关心她的。

小项回家的那天晚上，陈波早早把豆豆哄睡，想和她亲热。她断然拒绝。拒绝的原因是下体不适。她怀疑那三天太放纵了，被感染了。她甚至有些担心染上的是脏病。陈波在一旁唉声叹气。她感到歉疚，有点怜悯他。透过窗帘的缝隙可以看到那两棵巨大的银杏，枝繁叶茂。它们在西门街有多少年了？小项曾听陈波说起过树龄，不过她忘了。陈波说，他小的时候觉得这两棵树一直通到天上，他有一个愿望，变成一只鸟，飞到树的顶端，去看看天堂的样子。四周十分安静，某些时候能听到豆豆的咳嗽声，陈波说，这两天豆豆支气管有点发炎，不过无大碍。

小项紧紧抱住陈波，把脸贴在陈波的背上，说对不起，我有点不舒服，等身体好了再给吧。小项感到陈波的身体紧绷。陈波是个自尊心很强的人，他轻轻推开小项，说去睡沙发，这样难受。小项差点流泪，为了不让陈波看见，她转过身，又轻轻说了声对不起。

第二天醒来的时候，小项吓了一跳，床单洇了一大片鲜血。她吃了避孕药，提前来例假是正常的，不过血流这么多她还是害怕。更害怕的是感染，若真染上脏病，这时候流血麻烦就大了。外科医生陈波也吓坏了，让小项去医院。小项不愿意去，陈波很坚持。是陈波开车送小项去医院的。她本能地坐在后座，好像怕陈波看出端倪。若真的是脏病，她该如何同陈波说呢？她脸色惨白。她看到陈波的脸同样惨白。她还发现陈波没把她送到自己供职的医院，而是去了另一家。陈波解释，那一家妇科更专业。小项意识到陈波是个敏感的人，怀着和她一样的恐惧。恐惧让小项神情恍惚，好像这车子里埋着一颗定时炸弹，随时会引爆。

这三天你在干什么？为什么打电话你老是关机？陈波问。

我不舒服，躺在床上，我可能生大病了。小项停了停，又说，陈波，要是我真的生大病死了，你会不会难过？

陈波回过头来，眼睛通红。他的手往后伸，握住小项的手，说，你不要胡说。

在去医院的路上，陈波一直拉着小项的手。小项想起在杭州卢一明拉她手的样子，觉得那一幕像是一个梦境，一点也不真实。陈波好像也在某种恍惚之中，他的车差点撞到对面过来的一辆中巴。小项挣脱陈波的手，说你专心开车。

检查的结果是没什么大碍，有中度的炎症，另外就是由炎症引起的例假混乱。谢天谢地，没有脏病。医生问，你最近吃了什么药物吗？小项连忙摇头，说没有。医生说，吃点消炎药，静养一些日子就好了。医生不知道陈波是同行，她严肃地对陈波说，一个月内不能有房事。又说，以后房事前要洗干净。这会儿陈波的脸是黑的，没听到医生的话似的，没有任何回应。

在从医院回来的路上，小项想起卢一明，她拿出手机，给他发了一条短信，告知她来了例假。对方一直没有回。小项因此一直在看手机。快到家时，小项才收到回信，只有一个字，好。小项的心颤抖了一下，想，她分手时的感觉是准确的，他真的没怎么在乎她，他就是个老手，也许他第一眼就看穿了她，知道她盼着出一次轨，并不需要太花工夫。事实上，他确实没费劲就得手了。

日常生活中，陈波表现得非常好，下班准时从幼儿园或父母家把女儿接回，顺便买些菜，煮晚饭，然后一家三口一起吃。将近一个月，陈波一直躺在沙发上。小项通常会在睡觉前发一条短信给卢一明，问卢一明在干吗。卢一明往往如实回答，也会问候小项。小项虽然认为卢一明对她未必多有情感，可她还是指望着和卢一明交往下去。他们在杭州的三天中倒没说多少话，分别后才开始说些生活中的点滴。令小项遗憾的是，卢一明没有一句温存的话，好像那三天在他生命中并不存在。小项有时候会觉得卢一明回她短信只是在应付她，心里面多少有些失望。可有时候卢一明会主动发来问候的短信，小项又兴奋起来。慢慢地小项习惯了这样的交流，并在这种不涉情感而又私密的交流里，得到乐趣。只要把个人的期望降到最低，只要把愿望当成事实，一切都可以在想象里变好。小项甚至想过，也许有一天，卢一明会突然出现在永城，特意来看望她。

周菲最近一直在排她的舞剧。小项抽空去排练场看周菲。周菲在台上忙。她们用眼神打了一个招呼。小项在台下找了个位置坐下。他们正在排练其中的一个场景。小项听周菲说起过这个舞剧。周菲说，她不是女性主义者，不过她是女性坚定的维护者。周菲认为女性不需要同情，而是需要赞美。周菲没讲过剧情，不过小项猜测，剧情大概和周菲的生活可以一一对应。周菲排练的是家庭生活一幕，女主角以独舞的方式表达对丈夫的愧疚感。小项不觉有点羞愧。她回忆了一下，已有好久没关心陈波了。

在排练的间隙，小项和周菲聊了几句。小项问周菲舞剧什么时候会上演。周菲说，一直在变化中，她自己都不知道会排成啥样，她希望把她的生命感受表达出来。小项本来想谈谈卢一明，她本以为一夜情不会生情，还是会的。她觉得自己太多情了。她想让周菲帮着分析分析。大概是刚刚看了周菲排练的片段，小项认为现在谈这事不太合时宜。这得要多无心无肝才行啊。和周菲告别时，小项说，戏挺不错的，我感动了，期待首演。周菲苦笑，只说赵总的老板出事了，可能会牵连到赵总，赵总那儿还有一半资金没拨过来，要是没有后续资金投入，这出戏可能就黄了。仿佛为了安慰小项，周菲又说，不过办法总比困难多是不是？

几乎是周菲戏里的模仿，有一天，女儿不在，陈波在厨房做饭，小项突然从后面抱住了陈波。陈波回过头来，诡秘一笑，说，医生吩咐过我哟。小项说，没关系，我应该好了。

陈波没回话。小项不放过陈波。陈波终于关掉了煤气灶，一把抱住小项，把小项扔到床上。

一会儿，陈波满头大汗地从小项身上爬起来，到厨房继续做饭。小项躺在床上，内心对陈波生出从未有过的温柔。她想，陈波终究是豆豆的爸爸，别的男人再好也是假的。

晚上躺下后，小项问起豆豆爷爷奶奶的事,说已有一段日子没见到二老了。陈波说,这段日子他们去东南亚玩了。昨天还打电话过来问豆豆想要什么礼物。小项沉默了。结婚这几年,在心里,小项并没有把陈波的父母当成亲人。陈波的父母倒是挺喜欢她的。这些年,二老一有空就满世界跑,回来时都会买礼物给她。她有好几个名贵的包是婆婆送她的。

陈波说起小时候的一件事情。小时候在奶奶家,中午午睡时陈波总是溜出来,爬到屋顶上,看隔壁家的院子。童年时他喜欢隔壁家小阿姨,她是村里的小学老师,人长得特别好看。她的老公在城里开火车,要一个月才回家一次。有一个男人经常在中午到院子里来,每次来都戴一顶太阳帽,并把帽子压得很低。一会儿屋子里传来小阿姨的叫声。陈波以为她被那男人欺负，用屋顶的瓦片砸隔壁家。男人和小阿姨从屋子里出来时，手拉着手。陈波没认出那个男人。陈波一直想把这事告诉她的丈夫。

后来呢？小项问。

后来爸妈把我接回永城，我以为要在老家上小学的。陈波说。

你没告诉那个开火车的男人？

没有。陈波说。

一会儿，陈波又说，有一次火车司机回家，把我叫到一边，问起我是不是看见有男人找他老婆。他大概听说了什么。我什么也没说。他骂了我一句走了。

这天晚上，小项没合过眼，心里一直想着陈波的故事。陈波的故事意有所指似的，令她不安。不过她又想，一直以来陈波最喜欢说的就是童年往事，好像那是他此生最快乐的时光。

那年十月，小项去了一趟法国，是跟着永城小百花剧团一起去的。小项跟团做一些日常工作。其实也没她多少事，相当于单位给了她一次出国的福利。她是兴高采烈地出国的。

在巴黎的演出是此行的重头戏。虽是文化交流，但观众大都是华人。在海外，华人见到祖国来的人真是热情，演员们在整个演出过程中，感觉空前地好，有一种国内没有的盛大成功的幻觉。演出结束，华人们把他们包围，拍照，让演员们觉得自己成了大明星。

演出结束，演员们顺理成章地要求团长请客，吃夜宵。一行人选了一个韩国烧烤店。团里美女众多，以团长为核心，把团长包围住。在热烈的气氛中，女演员们用轻佻的口吻同团长说话，她们要团长烤牛肉给她们吃，有几个还要团长喂。这只是演员们日常的恶作剧。这些美人一个个都是开心果。团长倒是很镇定,她们提什么要求,他就怎么做。但看得出来,团长喂美女时,心里面是愉悦的。小项感到很好玩。她想起卢一明,给卢一明发了一张现场的照片。他给照片起了个名字:齐人之福。

周末一大早,周菲突然接到陈波的电话。陈波是从来不打周菲电话的。这么早接到陈波的电话,周菲愣了一下,生出不祥的预感。

陈波的声音听起来有些沙哑,嗓子好像充血了,不过他的声音依旧是平静的,合乎周菲熟悉的那个外科医生的形象。陈波问,小项外面有人了吗?周菲吃了一惊,说,不会吧,我没听她说起过。陈波又问,卢一明是谁?周菲想,糟了,外科医生都知道对方名字了。外科医生从来是精准的。周菲虽然听小项讲起过此人,不过没见过他,她就说,我不认识。陈波说,我看过小项的日记了,小项在日记里说，她同你说过这人。陈波的声音听上去像在述说某个病人的诊断报告。周菲是那种不会说谎的人，一说谎就结巴，她说，是吗？我记不得了。那边没吭声。周菲说，你在看她的日记吗？陈波说，是的，我一夜没睡，她外面有人了。周菲不知如何作答，她想了想，劝慰道，陈波你别全信啊，日记也许只是幻想，小项特别喜欢幻想，你知道的。那边沉默。周菲继续说，也许小项只是对某个男人有好感，这很正常，我也经常对男人有好感。陈波挂了电话。陈波显然不信周菲的话。

周菲知道事情严重，第一反应是给小项打电话。她得让小项有准备，并且最好让小项和她的口径一致。小项关机了。周菲想，法国那边现在还是午夜，小项应该还在睡梦中。周菲留了一条短信：小项，你看到短信，第一时间给我电话，有急事，先不要接其他任何人的电话。

那天下午一点半，周菲终于接到了小项的电话。也许是刚醒来,小项的声音带着一种黑夜的气息,略带四川口音的普通话有种性感的磁音。大概身处异国,让她有远离尘世的感觉,对周菲所言的急事,她压根儿没有往自己身上想,还以为是周菲出了什么事。

出事了？没有主语,但她的声音听起来是与已无关的。

是的,小项,陈波一早给我打来电话,他看了你的日记。周菲说。

周菲急着想同小项对口径,也想知道小项的日记究竟记了些什么。小项那边已发出哀叹,完了,陈波会发疯的。

然后就挂了电话。

有很长一段时间,小项呆坐在那里。有一些念头开始在小项的脑袋里清晰起来。她今年以来又开始恢复写日记，她把一切都写入了日记，全是纪实，并无周菲所说的幻想。她的日记藏在那只妈妈送她的盒子里，一定是陈波打开了它。盒子用小铜锁锁着，可陈波打开了它。陈波曾对她说过，他永远不会打开那只盒子的，他食言了。也许是她太忽略陈波了，陈波起了疑心。她对陈波太放心了。她今年才又开始写日记，她用力回忆，应该只有卢一明那一段，并无涉及韩文涤。但卢一明那一段足够刺激陈波了。

小项和周菲通完电话后，一直等着陈波的来电。陈波没有打来。小项不像陈波那样沉得住气，她打了过去。她本来以为有惊涛骇浪等着，但陈波并没有多说，只是说，难得出一回国，玩得高兴些。小项在电话里哭了，说，陈波对不起，我爱你。陈波说，你在说什么呢？小项又说了一句，陈波，我爱你。陈波笑了，说回来再说吧。

一件事是不是没说出就不存在?比如如果不记在日记里，比如如果陈波看了日记然后不捅破,比如如果从此以后他们不再提起此事。就像刚才,陈波什么也没说。不说就不存在吗?存在的,反而更加无处不在,反而比说出来还要沉重。

就因为陈波在电话里让小项玩得开心一些,小项就感到分外内疚,放下电话,她情不自禁哭了起来,好像失恋了一样。陈波的沉默或者高姿态只有一个指向,就是不原谅。

小项回国那天,是陈波去机场接的。从法国飞来的航班是午夜抵达永城的。那是一个雨夜,陈波开着小车穿行在湿漉漉的街巷。

我给你买了一双马飞仕图皮鞋。小项说。

一路上,小项想的不是马飞仕图皮鞋,而是家里那只装着日记和首饰的红色盒子。也许占据两个人心的唯有那只红色盒子，他们的沉默通过红色盒子进行着交流，只是太沉重了。

好像什么也没发生。豆豆睡了。小项进女儿的房间，亲吻熟睡中的女儿。眼泪还是没有止住。她把带给女儿的礼物——一只粉红色的邦尼兔，放在小脸的一侧，好让她明天醒来有个惊喜。

小项回到房间。她看到那只红色盒子。它上锁了。锁换了，不是原来那把小巧的铜锁，而是普通的黑锁。那黑色像一枚核炸弹，看上去非常小，但足以毁掉这个她栖身的只有百多平方米的小小的家。

然后就是洗澡，做爱。分外的激烈。陈波咬了她，陈波说，我爱你，你知道吗？我爱你，我没法想象没有你。小项说，我知道，我知道。小项本来也想说我爱你。在法国，在电话里，她这样对陈波讲过，现在她讲不出口，好像一出口就证明她是虚伪的。她任他咬，她感到身体的某个部位可能出血了，尖锐的痛，她忍住了，好像这会儿痛是她唯一的解脱。

一切同小项想象的不一样。她以为回国后他们会大吵一场，她做好被外科医生陈波狠狠揍一顿的准备（她甚至还想过他会杀掉她并肢解她），她会跪下来认罪，请求饶恕，她会向陈波保证，以后不会再犯错。陈波没给她机会。什么也没有发生，陈波甚至都没问她一句。

这不是小项理解中的陈波。陈波表面平静，只有她知道他有多偏执。他把什么都藏在心里。他的父母曾对小项说，他们从不知道自己的儿子在想什么，希望她能走进他的心。

小项知道事情没有那么简单。陈波打开的是一只魔盒，魔鬼从盒子里放出来了，钻入了陈波的心里，它吸食陈波的精血，在成长。

之后的事就是在日常生活中生长出来的，慢慢把两个人带入深渊。小项想，这才是陈波，他的疯狂是阴性的，一点一滴，细水长流。

最初是他们亲热的次数变得频繁。几乎是一有机会（比如女儿不在），陈波就会抱住小项，不分场合和地点，有时候在厨房，有时候在浴室。过去陈波是温柔的，甚至是静默的，现在虽然依旧沉默，却变得无比粗暴，没有前戏。小项想，他这是在强暴她。是的，强暴，小项没有别的词语可以描述陈波的行为。恐惧已进入小项的身体，每一次拥抱，小项的身体都是僵硬的。小项觉得一切都是报应，她做了坏事，第一次对她的惩罚是让她感染并流血，第二次是老天把惩罚的权力交给了陈波。

有时候是正常的。正常地温存，正常地静寂，正常地亲吻。这个时候小项是感恩的，希望陈波永远这样。即便如此，小项也没享受可言，那无处不在的恐惧让她的身体再也体会不到男女之间的乐趣。

一天晚上，陈波温存地亲吻小项，陈波突然说话了。陈波原本在床上不爱说话的,现在他在自言自语。一会儿,小项才听明白陈波在背她的日记,是卢一明占有她的内容。小项意识到,他们亲热的时候,陈波的脑子里都是小项的日记。这段日子陈波在模仿那个记在日记里的人。小项紧紧抱住陈波,哭了起来。小项想,他终于要说出来了,这就对了,让他说出来,让她来坦白,来认错,只有这样,她和他才是有救的。

小项说,对不起,对不起,对不起。

陈波说,你讲,他是怎么对你的。

小项说,我该死。

陈波说,你讲,我想听。

小项说,我日记都写了。

陈波说,我想知道一切。

小项说,求求你,饶了我吧。

陈波说,你讲了我才原谅你。

陈波在她身上粗暴蛮横。同时陈波也是软弱的，可怜巴巴的。他的目光既是疯狂的，也是渴望的（像一个渴望糖果的孩子）。小项心软了，她讲了和那个男人的细节。陈波起先是闭着眼睛安静地听着，然后突然掐住了小项的脖子。

小项后悔说出那些细节。这是对自己的再次伤害，也是对陈波的再次伤害。覆水难收，说过的话再也收不回来了。她其实早已知道，这个看起来平静的外科医生，内心一直潜藏着偏执和疯狂。

凡事都有自己的模式，一颗细小的种子会慢慢生长。性爱也是这样。小项尽量配合陈波，满足陈波的各种要求，可她心里明白，她和陈波的关系脱离了常轨，滑入险境。

陈波总是能在小项说出的细节里，找出新的可能性。他会问出新的关于那个男人的问题。小项意识到，陈波虽然把那只红色的盒子锁上了，并且把钥匙交给了她，他还是在偷看她的日记，他自己留着一把钥匙。日记里的每一句话对陈波来说都是问题，需要小项去填满并界定他无边无际的想象。如果小项不说，他就折磨她。自从小项讲述过一次后，陈波开始骂她贱货。小项刚开始觉得刺耳，感到羞耻，不过不久就适应了。她认为自己确实是个贱货。她如此轻易，怀着莫名兴奋，让一个几乎是陌生的男人占有了她。在某种气氛下，小项觉得自己的罪在“贱货”这个词语里得到赦免，同时让她激发出一种宽泛的母爱，拥有坚忍的承受力。

当小项的身体布满了伤痕时，已是冬天。小项清醒地意识到，他们不该如此下去了。她知道，陈波病了，陈波被一种邪恶的欲念控制了。

陈波，我们还能在一起吗？小项问。

我没想过这事。陈波说。

你不会原谅我了，陈波，我把一切都毁掉了。小项说。

陈波没吭声。

我们怎么办?

我不知道。

我们是不是要看看心理医生?

陈波坚决不去。小项知道陈波不会去。一个外科医生怎么可以去看心理医生。

我们得把一切都忘记。否则我们没有未来。小项说。

让我想想。

这样的时刻,陈波的表情像个孩子,软弱,不知所措。小项并不指望陈波会想出什么办法,心里已做好离婚的准备。也许陈波所做的这一切都是因为爱她,也许她为了豆豆也应该守住这婚姻,但小项清楚地知道,目前这种状况只会带来毁灭,对谁都没有好处。

一整天小项都没见到陈波。陈波开着车出去了。傍晚，小项给陈波打过电话，想问他是不是回家吃饭。陈波没接。夜里十点多，陈波回家。陈波的表情庄严而圣洁。小项又看到了过去那个熟悉的陈波。陈波告诉小项，他坐在永江边想了一天，他离不开小项，打算原谅她。他说，他不想再想起小项那三天所做的一切，与那三天有关的东西不能出现在他们的生活中。陈波要求小项删去周菲的电话（卢一明的电话及信息早已删除），从此不再同任何知道此事的人往来。关于日记的处理，陈波说，找一个隐秘的地方，把这只镶着象牙月季花的红色盒子埋藏。

埋藏这只红色盒子，小项是理解的。如果陈波把心里的魔鬼捉出来，关入盒子里，埋在地底下，也许陈波的心魔就消了。有一件事小项不能理解。小项想烧掉那本日记本，至少把那三天的内容烧掉。

陈波不同意。陈波说,我记得上面每一个字,烧不掉了。

埋那只红色盒子被陈波搞得颇具仪式感,好像那红色盒子是一口婴儿的棺材。陈波和小项开车去了一趟陈波的乡下老家,老宅有一个院子,院子里有一棵苦楝树。他们在苦楝树下挖了一个坑,把那只红盒子埋了下去。在埋下的那一刻,小项望了望天空。天空碧蓝。那一刻小项觉得自己的身体好像被洗净了一样,既轻盈又干净。她心中涌出新的希望。

小项从乡下回来的第二天,永城下了第一场雪。雪来得很猛,一下子盖住了大地。在南方,雪因为稀少而令人兴奋。单调的白把绿色和建筑都覆盖了,大家都很高兴,很多人冒着雪,在雪地上奔走,呼喊,一个个像孩子一样。就在这个雪天,小项约见了周菲。

她们有一段日子没见面了。小项回国后一直没和周菲联系。小项接到过周菲的电话,问起和陈波的事处理得如何。小项在电话里简要地和周菲说了一下,告诉周菲,等她处理好了,会联络她。

小项注意到周菲见面那一刹吃惊的表情。周菲的表情是一面镜子,照出了小项此刻的状态。小项低下了头,说,你的戏怎样了?

周菲没有回答。周菲问,小项,你怎么了,这么憔悴?

周菲伸出手,把小项的衬衣领子拉开。小项本能地把领口护住,她不想让周菲看到身体上的伤疤。周菲没放过小项,小项脖子上的血痕完全暴露在周菲眼前。

他弄的?周菲问。

小项再也忍不住,失声痛哭。周菲紧握小项的手,说,他怎么可以这样对待你。

小项说，我不怪陈波。是我对不起陈波，把陈波毁了。我那段日子也是鬼迷心窍，就想尝试陈波以外的男人。如果陈波能原谅我，我什么都肯做。

小项说，好在陈波是爱她的，她和他一起在努力恢复正常的夫妻关系。他们打算从头再来，因此，她得删除同杭州有关的一切。小项说，我答应了，这次见面后，我会把你的电话号码删掉，不再见你。你不要再打我电话，我不想再出错，如果陈波看到我们有联系，陈波会旧病复发。

周菲问，你因为这事才找我的？

小项点点头。

周菲说，小项，你是个傻瓜，我不知道怎么同你说，我不会删掉你的电话号码，你哪天需要我，一定要打电话给我。

整整一年，小项几乎断绝了社交，一下班就回家。陈波也是。他们都在尽量忘记那件事。

这一年，外科医生陈波变得越来越消瘦，他竟然开始脱发了。也许是他纠缠于她身体的次数太多，简直不知餍足。也许是工作太辛苦了。小项担心陈波在手术台上会出什么事故。那是陈波的立身之本，要是出个差错，陈波这辈子就完了。好在作为外科医生的陈波是理智而冷静的，他在手术台上的专注无人能及。他在医院里的声誉超过了他这个年龄应得的。他广受病人信任。

有一天，有一个女人从另外一个城市来找小项。那是一个难掩悲伤的漂亮女人，她直接来到小项的单位，递给小项一封信。信的封口完好。小项看了一眼信封，上面有收件人和寄件人的地址，收信人是小项。小项马上意识到对面的女人是谁。

在办公室接待这个女人显然不合适。小项把她带到台里的休闲区，那儿有一个咖啡室，平常人不多,很安静,不会被人打扰到。

她猜不透这个女人的到来意味着什么。不过,她倒不慌张,不会有比陈波发现她的秘密再坏的情形了,而且她觉得这个女人的到来并无恶意。

没有任何客套和铺陈,女人告诉小项,卢一明死了,死于一次车祸,在高速公路上,被一辆失控的大卡车撞飞。听到这个消息,小项一时没反应过来。小项当然猜到坐在面前的这个女人的身份。小项看得出来,她并不是来算账的。那女人告诉小项在被撞飞的车内还有另一个女人。

他风流成性,也许你知道。那女人说。

女人喝了一口咖啡,说,她来找她很冒昧。这信是从他的遗物中找到的。应该是一年前写的,没有寄出。女人说,她没看这封信,本来想烧掉的,又觉得应该把这信转给属于她的人。

也许对你很重要。我没见过他给谁写过信,可能在他心里你不同一般。见到你,我明白他为什么给你写信了。她说。

女人没有久留,很快就走了,好像害怕听小项讲述与卢一明有关的往事。她离去后,小项突然像被抽空似的全身战栗,眼泪瞬间汹涌。要是这个女人不来,小项几乎快忘记卢一明了。她不但删除了手机上他的信息,也删除了在脑子里他的记忆。现在他一点点在黑暗中浮现,她记得即便在亲热时,他的目光也是茫然的,好像他的灵魂不在现场。她意识到自己所受的苦,同这个男人有关。现在这个男人死了,但并不等于一切都消失了,这个男人还将出现在她和陈波日复一日的生活中。她不知道自己是在为他难过还是愤怒。

小项决定不打开这封信。她得遗忘一切。遗忘才能自救。要是陈波可以遗忘就好了——她知道陈波并没有遗忘。像那个女人一样,她想过烧掉这封信,不过最终还是保留了下来。她把这封信锁在单位写字台最深处。

那天回家，陈波似乎觉察到小项神色有异,问小项出了什么事。小项故作轻松,说没事。陈波并没有相信。安静的外科医生陈波,现在变得越来越多疑。晚上,陈波在翻箱倒柜找什么。陈波说,他在找一本刊载他医学论文的杂志。小项知道不是的,他的病又犯了。他的头脑有幻觉,他总是怀疑小项隐藏着什么。

生活在继续。陈波在努力。陈波偶有失控,但失控后,总是痛哭忏悔。好在她和陈波都爱女儿。小项一直觉得女儿长得不算好看。她和陈波长得都还算周正,豆豆几乎没有遗传他俩的优点,不受控制地长成了另外的样子。小项有时候会感叹,豆豆真的是不起眼的小孩。这让小项不太愿意让单位的同事见到女儿。她或多或少有点虚荣的。

那一年，豆豆突然变了，眉眼儿长开来了，原来的塌鼻子也隆了起来，眼睛也变大了（豆豆原本眼睛看起来像细小的一条线）。老师特别喜欢豆豆，说豆豆继承了妈妈的天分，唱歌跳舞都特别好。连豆豆的爷爷奶奶都发现了豆豆的变化。奶奶说，都说女大十八变，豆豆这么小就从丑小鸭变成了白天鹅。大约亲情之外，人还是喜欢漂亮的小东西吧。豆豆的爷爷奶奶一辈子享受惯了，不爱自己做饭，经常下馆子。最近二老下馆子喜欢带上豆豆。

生活一如既往进行中，表面上风平浪静，只有小项知道，恐惧并没有从她心里退去。她猜不透陈波脑子里在想什么。有一天，陈波问小项，你说豆豆像谁？不像你也不像我。小项开始以为陈波开玩笑。陈波是严肃的。小项这才隐约感到另一种怀疑开始侵入陈波的思想。

不知从什么时候起，陈波对女儿变得冷淡了。

他不怎么愿意接女儿，借口现存有的，比如临时有个急诊手术之类。小项不会开车，只好踏着自行车去接豆豆。小项有活动时是非常忙碌的，她抽不出时间时，只好麻烦豆豆的爷爷或奶奶。二老接了几次后就觉得生活被打乱了，就出钱雇了个专门接送豆豆的阿姨。

陈波着迷于和小项做爱，好像唯有如此他才是安心的，他才确信自己拥有小项。这一年来，小项对性事已没有一点兴趣。但她从来不拒绝。虽然陈波有时候会控制不住动粗，她也忍了。这是她欠他的。他们亲热的时候，偶尔豆豆会来敲门，陈波迅速从小项身上爬下来，穿着短裤，训斥豆豆，并把豆豆锁到自己的房间里。小项听到隔壁房间传来女儿的哭声，对压着自己的陈波说，陈波，我求求你，你一直对豆豆好的啊，你怎么啦？她是你的骨肉啊，你对豆豆好一点好不好？

陈波用怀疑的目光看着小项。小项的内心冰凉冰凉。小项再次确认，某种怀疑侵蚀了他的脑子，控制了他的情感。小项想，难道他在怀疑豆豆不是他亲生吗？自己的初夜都给了陈波，陈波是知道的呀。结婚不久他们就有了孩子，如果这也怀疑，陈波真是脑子有病了，是病入膏肓的病。

当小项意识到陈波的疑虑，她想过做一个亲子鉴定打消陈波的心魔。又想，陈波从来没有说出过他的疑虑，如果她提出来，陈波一定会觉得被冒犯。即便陈波亲口同她讲他的怀疑，她提出这件事，陈波也不一定会同意。

豆豆生日那天，陈波对女儿特别好，特地为豆豆买了新衣服和一个火车玩具，蛋糕是陈波下班时带回家的，陈波一边亲豆豆，一边喂她蛋糕。豆豆对陈波的突然亲昵受宠若惊，不知如何反应，只好无助地看着小项。不过豆豆马上适应了，毕竟是亲爹。

后来豆豆开始拍陈波的马屁，表情近乎谄媚。小项看了很伤感。

小项是从豆豆的口中得知陈波带她去了一趟医院。是爸爸的医院吗？小项问。不是，是开车过去的，很远的医院，在另外一个地方。爸爸让我不要告诉你。豆豆说。医生从女儿的口中提取了一些唾液，并剪了一撮头发。陈波也是。他们在医院里等了半天。当陈波看到报告单时，泪流满面，紧紧抱住豆豆。豆豆不知道爸爸怎么了，她问，爸爸，你要死了吗？陈波摇摇头，说，爸爸对不起你。

小项感到无比委屈。她大哭一场。在痛哭的时候，小项明确意识到这个家庭已经破碎了，她得离婚。回顾这一年，她自己都惊奇是怎么熬过来的。现在好了，陈波已确认女儿是他的骨肉，就这样分手吧。放过彼此，对谁都好。

我们再在一起，会是悲剧。陈波，你放过我吧，我看不到希望。小项说。

起初陈波不肯。他认为他和她正在变好,并且会越来越好。这在小项的预料之中。陈波对她有一种偏执的迷恋。有时候小项觉得这种迷恋未必是真正的爱,可能是她对他的伤害造成的。可怕之处就在这儿。小项从来是决断的,只要她做了决定,她就会迈出这一步。小项觉得从此以后她不再欠着陈波了。她在外面租了一个小房子,先搬出去住。至于女儿豆豆,是一个难题,她不知道如何向她解释。她还小,什么也不懂。她知道离婚对孩子的伤害有多重,她自己就是一个例子。她实在没有办法了,她非如此不可,她得离开陈波,否则对这个家,对她和陈波都是灾难。她决定把女儿留给陈波,她断定现在女儿是陈波生命中最重要的人,陈波会小心保护她。她当然会来看女儿。总有一天女儿会明白的。多么悲哀,自己的悲剧还是降临到女儿身上。

虽然还没有正式离婚，还是惊动了陈波的父母。一天，陈波的母亲来到小项的出租屋。陈波的母亲是从豆豆那儿听说的。豆豆告诉奶奶，妈妈搬出去住了。不久前，小项还对豆豆撒过谎，说自己这段时间不住在家里了，因为工作很忙，还经常出差，不过会随时来看她。看来豆豆年纪虽小，什么都懂了。陈波的母亲是个直性子的人，她说起自己此生最后悔的一件事就是把陈波放在乡下老家，让陈波奶奶带大。她说，那会儿他们都太忙了，没办法。陈波对他们不亲，心里有怨气，接回城里后几乎不同他们说话。他们从来搞不清陈波在想什么。说到这儿，陈波的母亲，这个开明的知识分子流下泪来，她说，豆豆说陈波一直在欺负你。其实我早发现了，你这两年身上经常有伤，我看着都心痛。我不知道你们夫妻怎么了。陈波一直对你很好的啊，他脑子出问题了吗？

小项没回答。她说不清楚。听到陈波的母亲这么说,她还是有点感动。至少她是理解的。她没有站在陈波的立场上骂小项。

我担心的是豆豆。你们是大人离就离了,可豆豆怎么办?陈波虽是我的儿子,可豆豆跟着陈波我不放心,我担心会把豆豆毁了。陈波母亲说。

这是劝和的一种方式吗?婆婆是想让小项回心转意回家吗?听了陈波母亲的话,小项不是没有犹豫。她觉得婆婆说的不无道理。但她真的无法再回去了。她说,陈波对豆豆好,是真的好。豆豆也和陈波亲。

你看问题太表面了,我研究海洋生物的,海洋生物为了自保都懂得拍马屁,何况小孩子。你不觉得豆豆更信任你吗?婆婆说。

婆婆说她找过陈波,谈过豆豆的问题,如果陈波和小项最终离婚,希望女儿让小项来养育,陈波坚决不同意。陈波还说，他和小项只是分居，不会离婚，他也不会同意离婚，让他们不要操心。后来陈波的母亲退而求其次，说不离婚是最好的，假设一定要离，陈波不放心小项带豆豆的话，索性他们来带。陈波母亲说，我们小时候没带过你，把你放在乡下，算是我们欠你的，我们在豆豆身上还。陈波沉默了，黑着脸，不再回答母亲一句话。

那天的谈话没有任何结论。小项没弄清楚陈波母亲找她的目的。传达的信息量是够的。这个海洋生物研究者把所有的问题都摊在小项面前了。

这天，小项特意去幼儿园接女儿，带女儿去她最爱的肯德基吃饭。吃饭时，小项问豆豆，如果爸爸和妈妈分手，你愿意跟谁？豆豆埋头吃着鸡翅，说，我不想你们分开。

小项和陈波分居了一个月后，陈波居然奇迹般地想通了，他同意离婚，并在离婚前给小项买了一套二居室的房子。那是一个周末的早上,陈波敲开了小项的出租屋，带小项来到永江边的一个小区。陈波说,有一户人家要出国了,急着出售房产,我想买下来给你住。你不能住出租房,太委屈你了。小项知道陈波是有钱的。关于钱的来历,小项不是太清楚,也许陈波的父母给了陈波一部分积蓄。那房子很好,在永江边,可以看到江景,房子装修风格简洁,很符合小项的审美。陈波见小项满意,就买了下来,房产证上是小项的名字。小项很感动,她觉得陈波真的是在乎她的。

办离婚手续的那天,陈波要求,女儿归小项。小项很吃惊。她一直以为陈波舍不得女儿的,一定会把女儿留在身边。陈波的母亲也这样说过。小项说,我当然要豆豆,你当真？陈波说,豆豆跟着你更好,毕竟你是母亲。

小项以为是陈波的母亲做了工作,后来她敏锐地意识到陈波在这件事上有他的心思。他不是真的不要女儿,他只是让女儿困住小项,让她不去找别的男人。在陈波的潜意识里,他们这个家分开只是暂时的,随时都可能破镜重圆。

小项深究自己的内心,她其实也是希望这个家庭不要破碎。在她心里,她依旧认定陈波是对她好的。陈波是个可怜的病人,只是控制不了自己而已。

小项带着女儿豆豆开始单身生活。有一年时间,虽然有女儿作陪,但她的生活可以用“寡居”来形容。

她和周菲恢复了从前的闺密关系。小项把周菲的电话号码删掉了,她是从朋友那儿问来周菲的电话号码, 打电话给周菲。小项说的第一句话是,周菲,我离婚了。

周菲和小项在三江口一家咖啡馆见了面。周菲说，小项的气色比上次好很多。一年半之前的那次见面，小项简直不成人形。这次小项打扮得体。她穿着一件深咖啡色中式套裙，胸口点缀细小的白色花朵，雅致纤秀，她不着痕迹地施了粉黛。离婚后，小项的状态大有改善。

周菲这段日子并不顺心。赵总终于出事了。不过他还算有信义，在被抓之前想办法把答应给周菲的另一半捐助打了过来。很快赵总便被判了刑，八年。周菲知道赵总只是白手套，但他什么事都自己揽了下来。其实没用，那位公子也没逃过法律制裁，再也无法帮他了。她去看过他几次。他气色越来越差。他说，他可能生病了，以前他肺部有结节。周菲担心他的身体，通过关系让赵总出监做了一次检查，查出是癌变。周菲帮他办了保外就医。

幸好发现得早，他还有救。周菲说。

治好了？小项问。

医生说没大碍了，不过医生挺帮忙的，一直开诊断书给狱方，所以一直保外就医着，没再进去。周菲说。

小项说，这个赵总吧，眉清目秀的，人品不错，怎么会给那公子哥做白手套呢？

周菲说，知遇之恩吧。一次在酒吧，公子被流氓围攻，赵总当时也在，并不认识公子。他救了公子。后来公子对他特别好，他一下子变成了人上人。

小项说，唉，以为是福，哪知惹的是祸。

周菲说，都是命。

小项说，这赵总是喜欢你的。

周菲不语。

小项问起周菲的剧，你排得怎么样了啊？你得提速。

周菲显得有些烦恼，说，越排脑子越乱，总是没达到预想的效果，我都怀疑自己是不是废了。

离婚后，陈波每周都到小项这里吃一顿饭，也是为了探视女儿。陈波喜欢去学校接豆豆，有时候他和豆豆会在外面吃，再把女儿送回永江边小项的居所。有一次，陈波向小项求欢。小项拒绝。小项说，这是不可以的，我们离婚了，这算什么呢？陈波就抱抱小项，在小项额头亲吻一下，赞美小项，你现在越来越漂亮了。小项轻轻把陈波推开。

秋天的时候，陈波来看女儿，带了新女友，一位幼儿园老师。虽然是可以预料的，但小项心里一直没想过这件事，没有思想准备，因此有一点点震惊。她明确意识到她和陈波之间的句号出现了。小项意外地发现自己的潜意识里竟然没有这个句号。那女孩很乖巧，适合陈波。陈波说，是她一定要来看看你和豆豆。我想，也行。那天，小项做了一桌的菜款待陈波和那女孩。吃完后，那女孩和豆豆去玩了。豆豆似乎很喜欢那女孩。大概做幼教的懂小孩的心思，容易笼络孩子。陈波来到厨房，问小项，这女孩怎么样？小项说，挺好的，安静，善良。陈波说，你这么说我放心了。爸妈一直逼我，要么和你复婚，要么再找一个结婚。我来听听你意见。小项说，你结婚吧，这么好的女孩哪里去找。

小项对自己的单身生活突然厌倦了。单身生活总归是辛苦的。小项也算是美女，离婚的女人免不了会有人试探。在社交或工作中碰到的那些男人，大都算得上是成功人士，她不动心，好像“寡居”对她而言是一种安慰。在潜意识里，她也许想以此惩罚自己。现在她想，也许有个家庭也是好的。

秦少阳是位留美海归，在一家上市公司做文化总监。上市公司三十年年庆，需要搞一台晚会，通过朋友介绍找到小项。小项第一次见秦少阳竟然想起韩文涤，并不是两人多相像，完全不像，想起韩文涤小项自己都感到惊讶。秦少阳下巴的胡须刮得干干净净，有着中国男人少见的天真气质，笑起来特别灿烂。他们在工作中相处得非常愉快，好像彼此认识了一百年。接触多了，小项对秦少阳的个人生活有了一些浅层了解。小项以为像秦博士这种人，温文尔雅，事业有成，应该早就结婚生子了，没想到还是单身。小项笑道，你是钻石王老五啊，我一定要替你找一个配得上你的美女。秦少阳目光灼灼地看着小项。

他们认识一个礼拜后，秦少阳单独请小项吃饭。秦少阳说，我带你去一个好玩的地方，放松一下。结果他们来到永江旧码头停泊的一艘客轮上，那客轮已改装成一家高档西餐馆。跟着秦少阳走进一间小小的包间，小项想这儿哪里算得上是好玩的地方。小项发现秦少阳有些表达并不准确，可能在美国待久了，习惯于用英文，汉语相对贫乏了，或者可能是美国那地方实在太乏味了，国内什么地方都变成好玩的了。他们坐在包厢里,包厢里点着蜡烛。酒还没喝,秦少阳脸已红了,竟有些腼腆。秦少阳似乎为了让气氛轻松一点,指了指窗外,宽阔的江面上零星漂过几艘货船,发出带着水汽的马达声。红酒醒好了,秦少阳从服务员手中接过盛酒器,替小项和自己倒上。秦少阳一下喝干了酒杯里的酒。小项对秦少阳特别好奇,她带着好玩的、观察的表情看着他,她不知道这个有绅士派头的男人今天会不会喝醉。小项没想到秦少阳会向她求婚。

小项,我想娶你。秦少阳借着酒劲说。

小项并不认为秦少阳是认真的。男人都差不多,需要上床时甜言蜜语,从床上下来后,那些话就像刮过的风,不着痕迹。小项笑了,说你们美国人对待婚姻这么随便?秦少阳目光坚定,好像并没有听小项说什么,他说,我第一次见到你就想娶你,我觉得你什么都好,你就是我一直等着的人。说完秦少阳又喝了一杯酒。小项突然有点感动,她看出他是认真的。她笑说,你喝酒才这么说,酒话谁信。秦少阳说,我可没醉。小项笑了,她对他不无好感,在他面前她一直是放松的。她伸手抚摸了一下他的脸,温柔地说,我没有你想得那么好。

自然他们在一起了。小项本来不指望他们的关系是长久的,到那台晚会成功演出后,秦少阳和小项还在一起。

因为在秦少阳那里特别放松,小项喜欢在他们亲热后倾诉自己的过往,当然是有选择地讲。她没讲韩文涤。更多讲了卢一明。陈波也有涉及。陈波对小项而言不堪回首,不想多讲,但总归还是要讲到的,否则秦少阳理解不了她和陈波何以离婚。卢一明不一样, 某种意义上这个人改变了她的人生。况且卢一明死了,死是一种赦免,原本故事里的轻浮自觉地被过滤了,她可以更庄重地讲述她和他的故事，讲述那三天她和他不知餍足的青春往事（小项觉得同现在比那时候无论身心都年轻，虽然那时候她已为人妇且有一个女儿）。她还讲了他某一天奇怪地提起敦煌，她说他虽然语焉不详，可她觉得敦煌对他来说一定很有意义，同他的生命密切相关。小项还提到他在高速车祸后，卢一明的太太来看过她，带来了一封信。小项以为讲这些事可以把秦少阳吓跑。没有。秦少阳安静听着，目光充满理解和温情，好像这才是他想象中的小项。秦少阳对那封信有好奇心，他问，信里都写了什么？小项说，她没拆开。为什么要拆开呢，没有任何意义了。秦少阳说，你害怕知道信里内容？小项摇摇头，不害怕，我只是不想看。

她不问秦少阳的经历。她不想知道他的任何过往。

他们开始有伴侣的感觉了。他们一起逛街购

物，一起下馆子吃饭。有时候带着豆豆，豆豆不排斥秦少阳（也许家庭变故让豆豆变得没有安全感，所以对有可能进入自己生活的人她都小心讨好。这么小的孩子，心计这么深）。他们三个走在街上像一家三口。秦少阳经常替小项埋单，小项不是个占便宜的人，她算得很清楚，她也总是给秦少阳买礼物，价值大致相当。吃饭当然是秦少阳付，小项认为这理所当然。

女儿已在寄宿学校读小学。秦少阳有时候会在小项那儿留宿。小项和秦少阳在一起看电视。有一天，小项在电视新闻上看到了韩文涤。小项听说过韩文涤去省城任职了。在电视上看到他还是第一次。那天他在接待外宾及其夫人。他的夫人在陪。小项见到传说中他美丽的夫人。确实是个美人。笑容是标准定制式。看到这一幕，小项心如止水，平静得连她自己都吃惊。

你认识他？秦少阳问。

他曾是我的上司。小项说。

秦少阳没再问下去。

他升官升得真快。小项又说。

大多数时儿秦少阳会赶回自己的住所。那上市公司不在市区,他的住所离市区有点远。秦少阳出门的时候,小项会想想秦少阳和她的关系。秦少阳已不下三次催促小项,尽快确定婚期,他说,这样他才安心。他还说,他怕有一天小项在他的生活中消失,找不到她了。小项说,怎么会?我有单位啊,这房子也不会飞走,你随时可以找到我。每次,秦少阳离开后,小项会抱住枕头,这枕头还透着秦少阳的体香。他是小项碰到过的最干净的男子,温存体贴,他们的身体也相处得非常和谐,身体彼此寻找、探索,总能发现意外的惊喜。小项感到自己都有些依赖他了。有一天,秦少阳对她说,如果小项有一天离开了他，他会不知道怎么生活，生活会失去意义。小项听了不免感动，可是在秦少阳面前，小项从不表露自己对他的依赖，好像他们随时都可能分手，好像他们的亲密关系仅止于性。只有当秦少阳走后，她的心里才涌出怜惜。她抱着枕头说，你这个傻瓜。

六月的一个晚上，周菲断断续续排了三年的舞剧终于公演了。舞剧名一改再改，最终定名为《妇女简史》。想起这部剧，小项真心觉得不容易。周菲为这舞剧耗尽心血。小项蛮佩服周菲的耐心和毅力。一个人只有如此专注才可以有收获吧。也只能说收获，还谈不上成功（至少现在还不能说成功）。不过什么又算是成功呢？

小项和秦少阳一起看了《妇女简史》。这是小项第一次完整看这出剧。这是一个男人和一个女人既相濡以沫又彼此折磨的故事。主题大胆，有赤裸的性，也有残忍的暴力。两个人慢慢走向自我毁灭，走向彼此的祭坛。在舞剧的高潮处，舞台漆黑，整个剧场漆黑。突然，一束光从天而降，背景中出现一尊高大的佛像，光线好像是佛像散发出来的，一男一女两个舞者把手中的刀子刺入彼此的心脏。拿着蜡烛的诵经者从舞台四面八方拥入，围着两具尸体，佛经的吟诵声慈悲、庄严，又带着一些恐怖的气息。这时候，大佛像内响起敲击声，声音大到把诵经声完全盖住了。刚才死亡的一对男女死而复活，他们忘记了一切，开始了他们的舞蹈，回到舞剧开头的那一幕。不过，现在他和她的四周都是诵经人，他和她跳到每一个诵经人那儿，都会发出刚才的敲击声，好像他们此刻正在佛的肚子里。

演出非常成功。一定有很多人当面祝贺周菲。小项觉得在这样的场合，她不去凑这个热闹了。她给周菲发了一个短信，由衷地赞美她。好几处，我看到了自己。小项说。

小项和秦少阳出来的时候，小项还沉浸在舞剧的气氛中。她没想到周菲编导了这么一出令人毛骨悚然的舞剧。小项和秦少阳不由自主地拉着彼此的手，好像唯有如此才可以得到安慰。小项不想说一句话。秦少阳似乎知道小项的心思，也没出声。仿佛那舞剧还在继续演出，好像他们一出声就会中断故事的进程。快要离开剧场时，秦少阳轻轻说了一句莫名的话，哪天我们去看看敦煌。

在剧院外面，小项骤然撞见陈波。小项没想到陈波也来看了。难道周菲也邀请了陈波吗？陈波这会儿黑着脸，看着小项。小项意识到陈波在等着她。陈波的小女友无助地站在一边，目光里有愤懑和委屈。显然这之前陈波已和她闹得不愉快了。

陈波把小项拉到一边，质问小项，那男人是谁？小项说，你干吗啊，同你有什么关系？陈波说，你怎么能这样？小项说，你醒醒，我们离婚了，你只是孩子的爹。陈波说，我不同意你同这个人交往。小项指了指陈波的女友，说，快回到她那儿去吧，当心她跑了。陈波说，我不在乎。

小项不想再理陈波，拉起秦少阳上了车。秦少阳埋头开车，一直没问，偶尔看一眼小项。小项表情严峻。小项说，刚才是我前夫。秦少阳说，我猜出来了。小项怕秦少阳担心，说，他没别的事，问我豆豆的事。秦少阳显然不信，目视前方，朝永江边小项的寓所开去。

一会儿，他们到了小项的家。秦少阳有想走的意思。小项说，晚上你住我这儿吧。周菲的戏让人不安，你陪陪我。

他们正在亲热的时候，屋子的门被擂响了。小项马上意识到是陈波。她想，他真是个疯子，他怎么可以这么闹。小项对自己的身材很自信，并没穿衣服，来到客厅。门外传来陈波的声音，小项，你开门。

小项说,男友在,不方便,有什么事,明天你来单位找我。陈波说,我不相信,你让我进来。小项说,你这是干吗,为什么要这样?秦少阳也从房间里出来了,不过他穿好了衣服,他有些胆怯,这个青年时期在美国成长的男人显然没碰到过这种场面,他担心小项把陈波放进来,他们之间会有一场决斗。

小项对秦少阳使眼色,让他说话,证明屋子里确实有男人。秦少阳想了半天,结结巴巴地说,你好,我叫秦少阳,是小项的未婚夫,只要小项同意,我随时准备娶她。

小项差点晕过去。她想,这位博士真的是书读多了,太老实了。

门外再也没响起敲门声。过了半个小时,小项意识到陈波走了。不过她并不确信,陈波固执,天晓得他走没走。也许在楼下的小区里辗转徘徊。小项又想,他们离婚了,离婚后陈波变得正常了许多,有时候他来看小项，小项甚至觉得他比以前开朗，也会开玩笑了。他应该不会如以前那样做出疯狂的事来。她希望自己是想多了。陈波有了女友，他们会结婚，会有一个孩子，会从此过上幸福的生活。

第二天，秦少阳一早走了，他要赶到郊区上班。小项打扮好，下楼时，发现陈波站在不远处，脸色苍白而憔悴，眼眶深陷，神色痛苦，目光迷茫，却又有坚定的疯狂。自从陈波带女友来过小项家后，在她的感觉里，她和陈波已画上了句号。现在看来，这个句号并不是句号，只是一个长长的省略号。小项想，陈波的心里依旧还装着她。这是一种什么样的心理呢？他们分开了，事实上，分手后，他们友好相处，对彼此都是解脱。陈波为什么要这样？

小项假装没看见他。陈波不放过她，陈波拉住她，说，我决定了，我们复婚。小项愣住了。昨天晚上，小项总是想象陈波像一个幽灵一样在小区里徘徊，她一夜没睡，她的体能和精神已达崩溃的边缘。她突然感到愤怒，她吼道，你凭什么？凭什么你想干吗就干吗？发了一通脾气后，小项抑制不住大哭起来。陈波站在一边，安静地看着小项。

后来的一段日子，陈波没再来找小项。小项听说陈波和那位小女友真的分手了。有一天，小项路过那幼儿园，那女孩正站在门口的游乐场，她看小项的目光充满敌意，还带着些许嘲弄，和小项先前的印象有很大的落差。小项有些恐慌，赶紧离开。那女孩走出来，叫住了她。那女孩说，我知道你的一切，陈波和我每天讲的都是你。小项停下来，既然都说到这儿了，干吗不深入了解一下内情呢？那女孩继续说，你前夫疯了，他不会让你和你的海归男友心想事成的。小项问，他想怎么样？那女孩说，他是医生，他有的是办法，你让你那海归男友当心点吧。小项非常吃惊，愣住了。女孩说，我是好心，当心点总是好事。

小项没有把那女孩的警告告诉秦少阳，免得秦少阳担惊受怕。

陈波好像失踪了。连周末也没来看女儿。这不正常。小项不禁有些忧心。女儿问小项，爸爸怎么不来看她。小项敷衍道，爸爸这阵子出差了。

秦少阳只要不出差，一如既往来小项家。他原本是个开朗的大男孩，看起来涉世不深(可能因为他在美国待的时间太长了)，面对现在这个局面他不免有点无所适从。开头还好，当作一切没有发生过，两个人还是像过去一样，下下馆子，看看电影。慢慢地，小项发现秦少阳变得心神不定，和她说话时欲言又止，一副心事重重的样子。小项一度怀疑秦少阳是不是介意了，也可能是厌倦她了，这段时间他再也没有提过结婚的事。她想男人都一样，甜言蜜语就像流水，水过无痕，都不可信。小项对此非常失望。

有一天,秦少阳还是没能忍住,同小项讲了他的心事。他说,他最近经常收到陌生电话,不是同一个电话号码打来的,电话号码老变,但内容是一样的,要么说开车要当心,要么说他知道人体结构,可以像庖丁解牛一样肢解他。用点药就行,不痛。再用点药,你的身体就会变成水,不会留下任何痕迹。秦少阳告诉小项自己来小项家的路上,有一辆车插向他的车,幸好及时避让并刹车,不然会从高架桥坠落下去。小项问,这种电话多久了?秦少阳说,半个月了。小项看来电显示,确实都是陌生电话号码,没有一个电话来自陈波。小项说,少阳,你最近结了仇家吗?问完后,小项自己都觉得是废话,除了陈波,怎么可能会有人想置秦少阳于死地。小项想起那幼师同她说的话,她一直以为是个玩笑,或出于某种恶意,看来她是真的在警告。小项还是不敢相信陈波会干出这种事，和陈波一起生活了这么多年，在她心里，陈波还是一个善良的人。每次，他们吵架后，陈波的眼泪和悔恨都是真实的。

小项决定去见陈波。她来到西门街。小项有好久没来这里了，西门街的一草一木她熟悉到闭上眼睛都能想得起来。她敲开了陈波的门。陈波见到她显得颇为受宠若惊。小项注意到这房子似乎重新装修过了，有一种焕然一新的感觉。她还看到在卧室靠床的那面墙上，她和陈波的结婚照放大了，装在一个巨大的镜框里。照片上的他们看起来非常甜蜜，目光中充满了对未来无限的希望。陈波说，那时候，我们多么年轻啊。小项说，陈波，你这是什么意思？我们已离婚了，你挂着这照片又何苦？陈波说，我想好了，我前段时间把屋子用涂料刷了一遍，把家具也换了，我要和你复婚。陈波这种疯狂的念头让小项心里冒出一股冷气。

小项决定不问陈波关于电话的事。问了也是白问。即便是陈波干的，陈波也不会承认。谁会承认这种事。小项和陈波谈起女儿，小项说，女儿一直在问你为什么不去看她。陈波说，等我把一切都搞停当，就把你和豆豆接回家。我以前没处理好，我保证以后再也不会了。

小项和周菲见了一面。小项夸周菲的舞剧非常出色，很震撼。周菲告诉小项，“云门舞集”的人看了她的舞剧，想邀她去台湾演出。小项祝贺周菲。周菲意识到小项找她有事，不再谈她的舞剧。倒是小项还沉浸在舞剧中。小项问，周菲我问你，那男女都杀了对方，你为什么要让他们重生，开启新生活，他们在一起还能生活得好吗？周菲说，总得要有些梦想，人间也没那么绝望，什么都有可能发生是不是？

小项回到家里，把秦少阳留在她家里的东西全部整理好。在整理的时候，小项已泪流满面，秦少阳的每一件东西，她都舍不得，但她知道不能留下来。那件衬衫他刚换下来，还没来得及洗，还带着他的气息，她忍不住把衬衫贴在脸上。她哭得更欢了。她喃喃自语，说，这都是为了你好，你和我在一起不会幸福的，我不配再有幸福，但你一定要有。对不起，对不起，这是最好的办法。

那天秦少阳来到小项这儿，小项面色阴沉。秦少阳问小项怎么啦？这时秦少阳看到自己的包放在客厅的沙发上。秦少阳说，小项，你要赶我走吗？小项强忍住自己的眼泪，装出一副绝情的样子，说，我们到此为止，你以后不要再来了。我得回去了，陈波是孩子父亲，什么人都比不上陈波重要。

仿佛一切没变化。小项和陈波还有亲爱的女儿豆豆在一起，还是一家人。就好像周菲舞剧的结尾。结尾就是开始。第一天晚上，陈波抱着小项，非常温柔。小项是紧张的，她已习惯了秦少阳。她感受到陈波身体里传来的疑虑。她想自己应该配合他。她感到自己是多么机械。

日子一天一天过去。现在看起来一切正常。陈波在他们做爱时再也没有失控，陈波要得也不像以前那么频繁。看得出来陈波在努力克制自己。这令小项起了幻想，好像她和陈波真的回到了开始。如果一直这样，也不错啊。她因此有一种苦尽甘来的感觉。她甚至觉得自己做了一个对的决定。她放过了秦少阳，让他免于恐惧，而她修好了原本破碎的家庭。这让她感到些许的欣慰。如果从前的一切是上天对她和陈波的考验，目前看起来他们经受住了考验。

这期间，秦少阳给她发过无数的短信。在短信里，他说他会一直等着她，只要她愿意，他依旧盼着同她结婚。小项没有回他。她想象过他的痛苦，也担心过他。他曾对她说,如果失去她,他会不知道怎么生活,生活会失去意义。然而她明白她不能回复他,一回复,会没法收拾。

有一天,小项洗完澡,从浴室出来,看到陈波在看她的手机。她感到不妙。陈波还是在怀疑她。陈波说,刚刚有个短信进来。小项没说话,拿起手机看了一眼,是秦少阳发来的。小项没回话。也没看陈波。这事儿最好的方式是沉默。如果陈波看了所有的短信,他应该明白,她没回过一个。陈波不应该生气。可她知道陈波在生气,他的脸这会儿是黑的。

这天晚上,他们亲热时,小项再次意识到那个黑洞依旧在陈波身体里。小项想,一切只是美好的幻想,问题没那么好解决的。

清明节前,陈波向小项提议是不是提前祭祖,然后,全家一起找个地方去度假。小项那段日子工作特别忙,手头有好几个策划项目在做。但为了家庭，有什么不可以放下的呢？她说很好，我们一家人有好久没出去玩了。

祭祖那天，小项做了一桌的菜。祭祖的方式完全照永城的习俗。小项点上蜡烛，发现纸钱没了。她对陈波说，我去小区念佛的婆婆那儿买点纸钱来。陈波说，你快去吧。

小项回来的时候，吓了一跳。她看到蜡烛和祭祖的菜肴中间放着一只红色的盒子。小项站在那儿一动不动，恐惧占据了她整个身心，她感到自己快要崩溃，随时会晕眩过去。陈波没事人一样，对小项说，你搬出去住后，我就把它挖出来了，埋在那儿，我总担心它烂掉。小项脸色苍白，低头烧纸钱。她对自己说，不要哭，没事的，陈波把盒子取出来没别的意思，真的是担心盒子烂掉。烧完纸钱，小项跪在桌前，对着祖宗磕了三个响头。

晚上，小项哄豆豆睡熟，回到房间。陈波已洗完澡，等着她。小项心领神会，进浴室洗澡。一天下来，她已非常疲劳。也不完全是疲劳，应该是麻木，或许是紧张。她慢慢洗着自己的身体。几年下来，她的身体已不如从前，但底子好，身材还是紧致的。她比任何一次都要洗得缓慢和干净，好像以此可以洗干净她身上一切“脏”东西，或者想以此挨过这个夜晚。

她出来的时候，陈波把房间的灯关了。她以为陈波睡着了，长长地松了一口气。今晚陈波终于放过她了。她躺到床的左侧，轻轻盖好被子，怕把陈波弄醒。

陈波突然抱住了她，一下子进入了她。陈波说：“你讲，你讲啊，卢一明是怎么弄你的……”

这世上没有破镜重圆的故事。即便是重圆也不是原来那面镜子。

三个月后，秦少阳在小项的手机中消失了，他不再发来信息。突然之间断了音信，小项心里空落落的，有些恍惚。她担心他出了什么事。过了一周，她拨通了他的手机。电话里传来电子语音：对不起，你拨打的电话是空号。她的心一下子提了起来，涌出某种不祥的预感。后来，她打电话到他的公司。一个女孩接的电话，对方回答，秦老师好久没来上班了，公司里的人都不知道他去了哪里。

小项愣住了，那一刻一直隐藏在她心里的幻想明确地降临到她的脑子里。电话那边，那个女孩在问，你是谁？你有秦老师的消息吗？小项挂了电话。

小项开始拒绝和陈波亲热。哪怕陈波有时候强行行事，她也不让他得逞。陈波也是脆弱的，在她的反抗下，他会迅速退潮。几次后，陈波也不再碰她。他们还躺在一张床上，但他们之间却像隔着一条银河，遥不可及。

这样过了两个月。一天晚上，他们像往日那样钻进被窝睡下。灯已经关了。这两个月，小项的睡眠特别差,有时候她整晚都睡不着。那个幻觉一直跟着她。她努力想压制那个幻觉,压制不住,反而把幻觉当成了真实。她觉得自己也病了,有点分不清真实和幻觉的界限。

陈波也没睡着,半夜时分,黑暗中传来陈波的声音,你为什么不毒死我?

什么?小项吃了一惊。

我知道你半个月前买了砒霜,我一直等着你下药。小项,我没救了,也许我死了才有救。陈波说。

小项没想到陈波知道她买了药。他什么都知道,他现在不像一个外科医生,而像一个神探。她相信,她手机上的一切他都已看过了,包括最近她给秦少阳发的信息。虽然她拨打的电话已是空号,可她向那个空号发了无数条短信。她告诉他,他和她在一起的日子是她此生最美好的时光,她愚蠢地放弃了,她替自己惋惜。

小项突然泪流满面。她下过几次决心，想把药投到陈波的茶水里。她发现自己根本没有这个狠劲。毕竟他是孩子的爹。

他在这个世界上消失了，同你有关吗？小项问。

也许吧。我找过他，我知道他一直在联系你。我威胁他，让他悄无声息地离开永城，不要再联系你，否则我就对付你。我知道他在乎你，每个人都有弱点，不是吗？陈波说。

他还活着？小项问。

陈波脸上露出疑惑的神色，他看了小项一眼，一会儿才确定小项在问什么。他脸上露出奇怪的微笑，说，谁知道呢，我是个病人，做过什么事我自己都不确定。

小项知道在陈波这儿是不会有答案的。他的脑子里有一部分永远深不可测。小项也不想得到答案。

很多时候小项愿意相信只不过是她臆想了秦少阳的“消失”。但愿只是臆想。他还活着。她这样希望。

小项和陈波等于摊牌了。他们之间再也没有挽回的余地。陈波固执地不答应分手。陈波对小项说，除非你把我杀了。

有一天，陈波的母亲约小项，说想和她单独谈谈。这么多年来，陈波的父母基本上不介入小两口的家庭生活，除了金钱上的资助，小项也没感受到来自公公和婆婆的太浓烈的亲情。小项不知道婆婆要同她谈什么。一路上她想好了，这一次她一定要向婆婆讲述她和陈波婚姻的真相。

她们在月湖边找了个茶馆。婆婆精心打扮，说明这不是一次随随便便的见面，而是“正式”的。公公和婆婆有些腔调和普通人不太一样。

那天见面，作为海洋生物学家的婆婆，讲起了海豚：海豚是海洋里最聪明的生物，它们和人类很像，一夫一妻制。雄性海豚看中雌性海豚后，就会求欢。雄海豚交配完成后就会离开，远走他乡。

你知道为什么雄海豚要远走他乡吗？婆婆问。

小项知道婆婆会马上给她答案。

海豚是最钟情的动物，如果雄海豚不离开，雌海豚会安定不下来，会发疯，这样它肚子里的宝宝就会有危险。只有雄海豚离开得足够远，远到雌海豚感受不到爱人的存在，才会安心孕育自己的孩子。婆婆说。

小项知道婆婆不是来给她普及海洋知识的。这是婆婆的方式，喜欢用冷门的海洋生物习性做谈话的开场白。小项有时候会怀疑这些知识是婆婆顺手瞎编的。

终于说到正题。婆婆说，她知道陈波和小项的婚姻不幸福。作为父母知道是怎么回事。陈波这孩子心理一直不太健康。你们这样下去,陈波和你都会毁掉,还有豆豆,豆豆还年幼,她承受不起你们的家庭冷暴力。

小项开始理解婆婆开场白的意思了。

你是想让我离开永城?小项说。

你千万不要认为我狠心。我知道陈波很爱你,非常在乎你。我经常对陈波爸爸说,你和陈波真是前世冤家。我们去咨询过医生,医生认为陈波童年有阴影,有强烈的不安全感,才导致他抓住你不肯放,只要你在他身边,或在这个城市里,他就不会得到安宁,无法重新开始。婆婆说。

小项有点惊讶。婆婆说出了自己心中所想。她确实无数次思考过这个问题。

这对你也好,你是个好女孩,受到这么大委屈也从来不同我们说。那次见到你身上有伤,我都难过得要死。婆婆说。

小项想，毕竟是高级知识分子，平常不显山露水，心里明镜似的，什么都看在眼里。

你去找你的幸福吧，你会找到一个好男人，会有全新的生活，你是个讨人喜欢的女子，一定会的。豆豆你不用担心，我和她爷爷会照顾好她。一定会让她健康成长。我们这辈子最后悔的一件事就是小的时候没把陈波留在身边，我们很愧疚。照顾豆豆对我们来说也是一种补偿。

婆婆几乎在哀求了。这个平时看起来平和却不流露情感的女人这会儿眼眶泛红。

那天从月湖茶室回来，小项开始为离开这个城市做准备。她认为婆婆说得有理，留在这个城市，她逃不过陈波的“魔掌”。当然很可惜，她在这个城市已有了自己的事业，如果去别的地方，一切得重新开始。不过她又想，她现在有手艺，有资历，应该在任何一个城市都有能力养活自己。

那天晚上,她到单位整理自己的办公室。在抽屉的深处,她看见一封信。几年前一个女人送来了这封信。她没拆开过。她拿在手上,犹豫着是丢掉还是拆开来阅读。她沉思了一会儿,把那封信放在了包里。

整理好办公室的个人物品,她给同事写了一封告别信,放在自己的写字台上。她觉得必须写这封信。她可不想让同事们认为她无声无息地从这个世界上消失了,像秦少阳那样。

第二天,小项离家出走,没同陈波和女儿告别。她不知道怎么告别。陈波的母亲应该会告诉陈波和豆豆的。她暂时没想好目的地,她只是想旅行。她想陈波、豆豆或其他人可能会找她。她关掉了手机。她本想把电话卡扔到河里的,又想,万一有意外的事发生呢?所以,她只是关机。她告诉自己不要打开电话。听到女儿的声音,她的心会软。好不容易下了这个决心,她不想前功尽弃。

她坐上高铁,向西旅行。她暂时有了一个目的地:成都。成都是她的老家。她想先去一趟成都,看望一下母亲,或者还会看望一下父亲。不过她不会同父母讲她失败的生活。两边的风景向她扑面而来。列车好像逆时间而行,好像这会儿她正在从今天的自己慢慢退回青涩的自己,退回到最初写日记的那个少女。她想起了秦少阳,他们在一起时,他喜欢问她的过往,问她的少女时光,问她爱过几个男人,他说,他不在乎她的过往,只喜欢现在的她,现在的她刚刚好,是上天给他的礼物。当他这么表白时,小项从来不说话。她不问秦少阳的过往。一个海归博士,一个三十六岁的男人,一定有长长的情史。她不问。她不想知道他的过去。她觉得他现在的一切就是所有,她什么都不需要知道。

可是她太傻了,她现在才深刻认识到他是她此生碰到的最好的男人。但她放弃了他，也伤害了他。他“消失”了。那个臆想又可怕地出现在她的脑子里:他被肢解,然后硫酸把他的肉体溶化成了流体……

她泪流不止。对面座位上一个小男孩对妈妈说,阿姨流泪了。小项看了看男孩,抚摸了一下男孩的头,说,阿姨没事。她露出某种幸福的笑容。是的,只要回忆,生命的磨难中总还是会有温暖的时光。

在成都老家住了三天，小项决定继续西行,她想去西藏看看。她一直想去看的。记得在看周菲的舞剧《妇女简史》时她就有一个念头,舞剧虽然尖锐,但最终是宽容的,充满了对生命的宽厚,舞剧里,包括幕景上和舞台上,有几百个出家人身穿袈裟聚在大佛像下诵经,场面令她感动,那诵经的声音神秘、庄严、慈悲，那一刻，她觉得唯有这种声音可以安慰人生的苦难。

在成都，小项每天做同样一个梦，她梦到了月牙泉。她依稀记得她少女时代也梦见过月牙泉。她觉得很奇怪。她记起卢一明的那封信。在一个安静的午后，在老家后面的小院子里，在沿壁而上的蔷薇藤蔓下，小项从自己简单的行李箱里取出那封信。她好像下了天大的决心，拆开信。这是一封写于五年前的信，信纸都已泛黄了。小项深吸一口气，读了起来——

亲爱的小项：

我这么称呼你，你有点吃惊吧。我知道在你眼中，我只不过是一个花花公子。我确实是的。我不讳言这一点。不讳言不表示我不痛恨自己。我经常感到自己丑陋。我很少照镜子。我害怕在镜子里看到一张不堪的脸。

小项，对我来说，杭州的三天是我生命的奇迹。在那三天的缱绻缠绵中，我多次想表达心里的话，都没说出口。我想，我在你那里的形象一定糟透了。后来我就自暴自弃了。我感到你对我产生了某种依恋，而我却害怕了。我要在你面前把自己的形象毁掉。这就是我们分手时我有意为之的行为。

我非常不安。这不是我想要的。我必须要诚恳地告诉你我对你的情感。我想修补我在你那里的形象。至少此刻我写这信时是这样想的。但我不知道我最终是不是有勇气把这封信寄出。此刻我很空虚，也很悲伤。我知道这辈子空虚和悲伤会一直伴着我。

我第一次见到你就喜欢上了你。你让我想起我生命中最重要的时刻。那时候，我和一个女孩在敦煌，我们已走到穷途末路。我不知道你明不明白，爱就是穷途末路。我是多么爱她。她是个天真的女孩，你看着她的脸，你会觉得她干净得像是未经尘世。实际上只是表面。世上有很多假象，有些女人看上去很干净，目光明亮，毫无杂质，但并不表示她们不复杂。我得说，你和她很像。气质非常像。我最初看到你时，吃了一惊，我以为她再一次回来了。

我和那个女孩深爱过。这个你不要怀疑。但如我所说，爱会导致穷途末路。我不想在这封信里具体展开。说起来都是些鸡毛蒜皮的事。总之，我们相爱。我们伤害。我们怀疑。我们和解。我们为了自救，想过与世隔绝的生活。我们到敦煌时，我们仿佛已活过一辈子了。我们看一个一个经洞。晚上坐在月牙泉边。天很低。星星非常大。沙堆高悬在天边。那一刻我们已没了力气。我们相约沉没于月牙泉冰凉的水中。

她走了。我活了下来。我们被打捞上来后送到医院。我竟然被救了。从另一个意义上说不是被救,而是被打入了地狱。这之后,我一直过着地狱般的生活。

你出现了,仿佛时光倒转。我惊讶于自己的激情。在那三天中,我一直在想一个问题,我是不是可以重新再来。但我也同时看见了终点:爱的穷途末路。我这样说是不是不够真诚?好吧,我再真诚一点。我是个已婚男子,我妻子漂亮、宽厚,她知道我背叛她。我不时拈花惹草,对不起她,她默认。这就是婚姻。经不起检测,可让人觉得可靠,可以依赖。这是我考虑的。另外,我害怕爱。我再一次表白,在那三天里,我爱上了你。

因为爱上了你，我在心里面不想让你难过，并且我很想在你那儿有一个好的形象。今天晚上，我很空虚，也很悲伤，我写下这封信。我不知道我在说什么。也不知道是否会发给你。我在想，如果发给你，我的生命又会发生什么。

后来你突然同我中断了联系。你不会知道，我来永城看过你。我看到你带着女儿从幼儿园出来。你女儿很漂亮，像你。也许我到永城来打算约你重续旧情。我不确定。但看到你如此幸福，我退缩了。理智告诉我，我不应该毁掉你的生活。

现在你知道了，我是个优柔寡断的人。或者你可以说我是个不负责任的人。不过我有一种预感，我不会活得太久。一个人的预感往往是准确的，我确信。

在那三天的最后时光，我同你说起过敦煌。我突然说了，语焉不详。如果我最终寄出了这封信，如果你有一天读到这封信，你就会明白了。也许有一天，你会去敦煌，去月牙泉。在月牙泉的西北角有一块大石头。我女友的骨灰撒在那儿。上面有她的名字。

我为什么要同你讲这些呢？其实这些话更多的是说给我自己听的。你是恰好成了我倾诉的对象而已。不过我想让你明白，那三天我幸福并且害怕，然后逃避。

就写到这儿。我都不知自己在说些什么。安好。人们总是这么说，可总不能安好。

卢一明醉后

读完信，小项非常吃惊。看得出来信写得很随意。很多跳跃的短句，表达时思维处于不稳状态。这封信彻底颠覆了卢一明在小项这儿的形象。如果说她到目前为止是不幸的,那这不幸很大程度来自于这个男人。当然她自己也负有责任。在她受苦的时候,她对他不无仇恨。她后悔没早看这封信。如果早看到,她可能会更平和一些。

天空飞过几只天鹅,排成“人”字,向北飞去。小项涌出一个念头,她想去敦煌看看。她想象,他活着的时候,大概总会去月牙泉看看她的吧。现在他也死了(读完这信后她都怀疑不是车祸而是自杀),那石块边也许杂草丛生了。

第二天,小项北上去了敦煌。到敦煌没有想象的困难,从敦煌机场到月牙泉的路途不算太远。傍晚时分,小项到了月牙泉。她很容易就找到了那块石头,比她想象中的略大一些。她试图寻找上面的名字。没有。小项怀疑自己是否找对了地方。

有一个男人来搭讪。一个还算有风情的单身女人总会引来搭讪的男人，尤其是那些独行的背包客。小项对自己说，此行她将守身如玉。那个人自称是艺术家，把小项带到他的画室。她看了他临摹（其实是一种创造）的无数佛像。进入那个屋子，她的眼睛都被刺痛了。所有的画面以金色（黄金一样的金色）和靛青为基调，呈现出一种整体的圣洁。可是每一幅画上的佛像都是人间的，世俗的，甚至是情欲的。小项的身体那一刻有些触动。那个艺术家从背后抱住她时，她挣扎出来，温和地说，你安静一点，佛在这里，这里便是圣地。艺术家说可以去宾馆。她只是笑，说，我走了，你画得很好，你会成名的。在小项的工作岗位上，她接触过无数的画家，她这么说是真诚的。

小项刚迈出门，艺术家说，你等等，我有话同你说。小项站住了，她想看看艺术家翻出什么花样。

我不是本地人，在这儿有十五年了。艺术家说，你知道你刚才看到的石头边发生过什么事吗?

小项惊愕地抬起头来看着艺术家。艺术家表情严肃。

那地方曾经发生过凶杀案,有一位姑娘死在那儿。法医说是被人按住头窒息死的。杀死她的是一个浑蛋,他自己也畏罪自杀,但运气好,被救活了。艺术家说。

什么?小项以为自己听错了。

是一位漂亮的姑娘。我见过她。艺术家说,很可惜是不是?这么年轻的生命就消失了。他们是一对情侣,到敦煌来玩。那女孩在旅途中爱上了别人,男人起了杀心。奇怪的是男人有女孩的遗书,是双双殉情的遗书。男人因此逃过一劫,没被起诉。

小项愣在那儿。她陷入巨大迷惑之中。一股冷风吹过院子,小项感到寒冷。艺术家问她怎么了?她没回答。她几乎是逃走的。此刻她需要安静,她需要整理自己的情绪。她不知道发生了什么。这世界太不可思议了。她该信那封信里的话,还是信艺术家的话?

小项想起周菲的舞剧,那两个舞者相互刺杀时,舞台上的光影像水波一样,他们好像是两个溺水的人。小项怀疑周菲是不是也到过敦煌,听这位艺术家讲过这个故事。

第二天,小项一早就醒了。她一刻也不想待在敦煌。也不想知道真相。这世上真相有好多种,关键是你相信哪一种。

小项整理好行李,照既定方案奔赴拉萨。她搭了一辆便车到火车站,她坐普通的火车,到处转车,终于在一个星期后抵达拉萨。

现在,她终于站在广场上,抬头仰望布达拉宫。她有一种灵魂出窍的感觉。天空碧蓝如洗,白云一动不动,布达拉宫既是沉静的,又是辉煌的,笼罩在一种金色的光晕中，甚至布达拉宫周边的山体,在夕阳的映照下,也是金色的。她有点理解敦煌那个艺术家的用色了,金色和靛青色就是天堂的颜色。

布达拉宫的广场上,都是俯身朝拜的香客。这一切是熟悉的,小项在图片、录像以及电影中见过这些场面，但看到香客们脸上的虔诚和微茫的希望,她还是感动。她感到生命如尘土一般,谁也抵挡不住那只神秘的命运之手的拨弄。看起来过去做的每一个选择都是自己做出的,可回过头去看,还是见出无处不在的命运的照拂。

后来,她站在大殿的一侧,听着几百位僧人诵经。她听不懂经文,她只能倾听声音本身,那么阔大的仁慈的声音,在整个殿宇里萦绕,通向天际。这些声音此刻钻进了她的身体，就像喝下去的烈酒,在胸腔在胃部热辣辣地扩散。一直以来,她拜佛,谈不上真正信佛。现在她也谈不上真正有信仰,只是身体里涌出一种冲动，她想和那些藏人信众一样，对佛顶礼膜拜一次。她贴身在大殿的石板上，久久地双手合十，举在头顶，直到坚持不住。她俯伏在那儿，双手捧住自己的脸，痛哭起来。在泪光中，她看见陈波、豆豆，还看到在她的生命中消失的秦少阳。

回到拉萨圣地天堂大酒店，她抑制不住打开了手机。她以为会有陈波和女儿的短信，竟然没有。她想，陈波的母亲做得真是绝啊，她真的把她从他们家的生活中删除了。她不知道婆婆是如何描述她的离家出走的。她一定把她描述成冷酷的人。她心有不甘，内心酸楚，此刻她多么想把女儿抱在怀里。

她站在房间的窗口，看着拉萨傍晚的风景，内心茫然。天空已从浅蓝色变成靛青色，那么透亮，好像靛青色的另一边就是天国。这是个安静的城市，神无处不在，有一种庞大的威严在四周生长，让人卑微得不想发出任何声音。远处的拉萨河闪耀着亮晶晶的波光。她久久地凝视着远方，好像就此可以看到自己的去处。这时，"叮"的一声，进来一则短信，一个陌生号码发来的，短信没有署名，上面写了一句话：

你好吗？在敦煌听一位画家讲起一个女人，想起你。